dtv

Paris, Hotel Gallia, ein festlich geschmückter Saal. Einen triumphalen Einzug hat sich André Poitou, arrivierter Schuhfabrikant im Ruhestand, schon im voraus in den glühendsten Farben ausgemalt: Hier soll ihm das Kreuz der Ehrenlegion verliehen werden, und hier will er vor allem einen Neuanfang in seinem Leben feiern. Schuhproduktion und Bienenfleiß hinter sich lassend plant er nun, endlich seine »Jugend« zu genießen. Doch statt freudiger und stimmungsvoller Feierlichkeiten stehen schonungslose Entlarvung und Peinlichkeiten vom Feinsten auf dem Programm. Maske um Maske wird gelüftet. Menschen, beherrscht von kleinlichen Begehrlichkeiten und Rivalitäten, werden sichtbar. Ein schwarzer Verdacht bleibt dem Leser dieser deli- und maliziösen Kostbarkeit: Es braucht der Mensch keine Feinde, solange er nur Kollegen, Verwandte, Freunde hat.

Emmanuel Bove wurde 1898 in Paris geboren. Der Sohn eines russischen Vaters und einer luxemburgischen Mutter verbrachte eine unruhige Jugend, unter anderem in Genf, Southend on Sea, Paris, Marseille und Tulln bei Wien, und hielt sich mit einer Reihe verschiedener Berufe über Wasser. Sein erster Roman ›Mes Amis‹ (1924) machte Bove in weiten Kreisen bekannt. 1926 suchte Rilke die Bekanntschaft des von ihm bewunderten, jungen Autors. Bove ist Autor von mehr als zwanzig Romanen und zahlreichen Erzählungen. Er starb 1945 in Paris.

Emmanuel Bove

Menschen und Masken

Roman

Aus dem Französischen
von
Uli Aumüller

Herausgegeben und mit
einem Nachwort von
Bettina Augustin

Deutscher Taschenbuch Verlag

Von Emmanuel Bove
ist im Deutschen Taschenbuch Verlag erschienen:
Ein Junggeselle (12994)

Titel der Originalausgabe:
›Cœurs et Visages‹

Vollständige Ausgabe
Januar 2003
Deutscher Taschenbuch Verlag GmbH & Co. KG,
München
www.dtv.de

Umschlagkonzept: Balk & Brumshagen
Umschlagfoto: © Henri Cartier-Bressen/Magnum/Focus
Gesetz aus der Bembo 11/13˙
Gesamtherstellung: Druckerei C. H. Beck, Nördlingen
Gedruckt auf säurefreiem, chlorfrei gebleichtem Papier
Printed in Germany · ISBN 3-423-13041-5

1. Kapitel

An einem milden Winterabend war André Poitou mit langsamen Schritten unterwegs zum Hotel Gallia. Auf den Terrassen der Cafés saßen viele Gäste. Sie erblickten durch einen gelblichen, wechselhaften Nebel die kahlen Bäume des Boulevards, die unsteten Lichter der Reklameschilder und jene Menge, in der selbst der hellgekleidete Spaziergänger untergeht. Weihnachten stand vor der Tür. Hinter den beschlagenen Fensterscheiben der Restaurants, an den Stangen der Gardinen, die nicht aus unschuldiger Spitze, sondern aus Samt waren, hingen Plakate aus satiniertem Karton, auf denen die Wirte in Druckbuchstaben die Vorzüge ihres Festessens anpriesen.

André Poitou hatte allein ins Hotel Gallia gehen wollen, wo seine Verwandten und Freunde an diesem Abend ein Bankett ausrichteten, um seine kürzliche Aufnahme in die Ehrenlegion zu feiern. Aber es war gar nicht so leicht gewesen, seinen Bruder Maurice loszuwerden, der sich schon seit mehreren Tagen so etwas wie einen triumphalen Einzug in den Bankettsaal an der Seite des neuen Legionärs wünschte.

André Poitou beeilte sich nicht. Dieser Augenblick des Alleinseins vor einem Auftrieb, wie er noch nie einen erlebt hatte, erschien ihm köstlich. Überdies trug alles dazu bei, seine Freude zu bestärken. Der bevorstehende Neujahrstag einte die Welt der Straße. Die Autos bewegten sich hin und her in einer gewaltigen Choreographie, an deren Seite es keinen leeren Raum gegeben hätte. Die Zeitungsverkäufer riefen ihre Blätter in einem ungewohnten Tonfall aus. Es waren keine unter Kälte und Hunger leidenden armseligen Zeitungsjungen mehr, sondern Zeitungsverkäufer, die Möbelpackern, Kohlenträgern und Schutzmännern glichen, wie es Kinder gern einmal werden wollen.

Obwohl André Poitou keine Verspätung hatte, mußte er sich zwingen, seine Schritte nicht zu beschleunigen. Mochte er sich auch einreden, daß bestimmt erst wenige Gäste dort waren, so schien es ihm doch mitunter, daß alle da waren, daß sie sich über seine Abwesenheit wunderten und daß einige sogar schon nach ihm Ausschau hielten. Dann zog er besorgt seine Taschenuhr hervor, und die auf zwanzig vor acht weisenden Zeiger beruhigten ihn ebenso schnell, wie er sich im Moment zuvor aufgeregt hatte.

Der Name von Monsieur André Poitou hatte auf einer Liste des Handelsministeriums gestanden, und zwar, um genauer zu sein, einen Tag nach Veröffentlichung der Liste neben zwei anderen Namen, die wie der seine vergessen worden waren.

André Poitou verdiente dieses Kreuz der Ehrenlegion. Er erfüllte alle nötigen Voraussetzungen. Sein

Alter, seine Position, seine Verdienste um den nationalen Handel, die zahlreichen Vereine, Körperschaften und Verbände, denen er angehörte, hatten ihn zu dieser Würde geführt.

Doch das Glück hatte ihm ein wenig beigestanden, denn tausend andere Kandidaten, mit ebenso großem Anrecht wie er, waren ausgeschieden.

Als Direktor einer der angesehensten Schuhfabriken Frankreichs beschäftigte er dreitausend Arbeiter. Allein in Paris trugen sieben oder acht Läden seinen Namen. Er war ein fast sechzigjähriger Mann, dessen Aufstieg nach dem Krieg plötzlich geendet hatte. Die langen Jahre des Kampfes hatten ihn ermüdet. Jetzt wandte er sich von seiner Tätigkeit ab, und die ihm Nahestehenden sahen verwundert mit an, wie dieser bescheidene, fleißige Sechzigjährige sich zunehmend um ein jugendliches und sportliches Aussehen bemühte. Mit dem Geschäftsrückgang seiner Fabrik in den Jahren neunzehnhundertzwanzig und -einundzwanzig hatte er sich allmählich verändert. Die plötzliche Ruhe nach der Überproduktion des Krieges hatte ihn zum Nachdenken gebracht. Die Freuden des Lebens, die langsam aus dem Nebel aufstiegen, der sie bis dahin verhüllt hatte, waren ihm vor Augen getreten.

Eine zweite Jugend folgte auf das reife Alter. Die Auswirkungen einer weit zurückliegenden Bildung begannen sich zu zeigen. Plötzlich wollte er leben, reisen, lieben, wollte sich überstürzt alles nehmen, was er verschmäht oder nicht gekannt hatte. Er rechnete sich aus, daß er noch zehn gesunde Jahre vor sich hatte. Vor der Vergangenheit graute ihm. Er unterdrückte sie wie der Mann, der ein Haus meidet, in dem er mit seiner Geliebten lebte und das ihn daran erinnert, daß er in der Liebe versagt hat, daß er ungerecht gewesen ist. Er beobachtete sich selbst, um nicht mehr daran zu denken. Sein Blick richtete sich nach vorn. Die Erinnerungen des Jünglings, dessen Augen von der Lebensfreude vergrößert über die Zukunft schweifen, sind von außergewöhnlicher Klarheit und Reinheit. Er kann nicht glauben, daß das Glück ihm schon genommen ist. Durch diese Ungläubigkeit bewahrt er es so lebendig, so leuchtend in sich, wie jenes, das er voraussieht. In André Poitous Geist sah es nicht so aus. Seine Vergangenheit war wirklich tot. Er meinte, er müsse ihre vollständige Aufhebung wünschen, damit das Leben morgen schön werde, er müsse alles vergessen, sowohl seine mühsamen Anfänge wie seinen langsamen Aufstieg, damit die Zukunft nicht verdorben werde.

Seine Situation war jetzt ganz ausgezeichnet. Einer Art gesundem Menschenverstand gehorchend, hatte André Poitou lange Zeit nichts getan, um sie anders zu sehen als zu Beginn seiner Karriere. Es war ihm übrigens keineswegs schwergefallen, diesen Entschluß zu fassen. Jeder Schritt voran war so mühsam vollbracht worden, daß es einer kleinen Anstrengung seinerseits bedurft hätte, um den zurückgelegten Weg zu beurteilen. Diese Art und Weise, seinen Aufstieg gleichgültig zu betrachten, hatte sich jedoch mit dem

Alter geändert. Schon seit mehreren Jahren fand André Poitou Gefallen daran, in seiner Phantasie von seinen Besitztümern Abstand zu nehmen und sie sich als etwas Endgültiges vorzustellen. Manchmal, wenn er allein war, murmelte er gleichsam abwesend: »Das ist mein Leben! Es hat bescheiden angefangen. Allmählich habe ich mich nach oben gearbeitet. Seine Kurve ist die eines jeden normalen Lebens.« Ein wenig war es die Gewißheit, daß sein Abstandnehmen sie nicht verändern würde, die zu diesem Lebenshunger geführt hatte, gegen den er sich nicht mehr wehrte.

Kürzlich hatte er sich seinen Schnurrbart abnehmen lassen. Doch man ahnte, selbst jene ahnten es, die ihn zum erstenmal sahen, daß in seinem glatten Gesicht lange ein Schnurrbart gestanden hatte. Die Partie über dem Mund schien, plötzlich der Luft ausgesetzt, nachdem sie fast vierzig Jahre verdeckt gewesen war, aus zarterer Haut zu bestehen. Es war, als wäre André Poitou aus dem Haus gegangen mit einem Riß in seiner Jacke, durch den man ein wenig Haut sah. Und das übrige Gesicht, von der herbeigeführten Veränderung nichts ahnend, blieb das mit dem Schnurrbart, das heißt, die Nase schien etwas zu weit oben, die Wangen etwas zu voll und die Augen sogar etwas zu hell, da sie ja den Schatten des Schnurrbarts eingebüßt hatten.

Er ging ins Theater, manchmal aß er sogar in irgendeinem Restaurant zu Abend. Er, der sich bis dahin nie gebunden hatte, fing an, Freunde zu haben.

Seinen Angestellten gegenüber wurde er nachsichtiger und litt weniger unter der Schwierigkeit, seine Filialen zu beaufsichtigen. Nachmittags kam es sogar vor, daß er sich von irgendeiner jungen Frau mitnehmen ließ. Er wurde auf manche seiner Verkäuferinnen aufmerksam, erinnerte sich, in welchem Laden sie angestellt waren, und fand häufig Mittel und Wege, sie zum Abendessen einzuladen.

Kurz nachdem er seinen Führerschein gemacht hatte, kaufte er ein Automobil. Er fuhr steif, ruckartig und derart vorsichtig, daß man an seiner Seite errötete, weil er so sichtlich fürchtete, seinen Wagen zu beschädigen. Er, der nie Bekannte gehabt hatte, bekam plötzlich Einladungen und manchmal, was ihn vor Freude hinriß, Theaterkarten. Er war glücklich wie ein Kind, auf diese Weise ins Leben zu treten, sich unter die Leute zu mischen. Jeden Augenblick überraschten ihn Details. Um seine Unwissenheit zu vertuschen, derer er sich erst jetzt schämte, täuschte er in seiner Umgebung so etwas wie Gleichmut vor. Sprach man mit ihm über die Pawlowa, so bemühte er sich, diesen seltsamen Namen nicht zu deformieren und die Silben genau zu wiederholen.

»Die Pawlowa hat einen angeborenen Sinn fürs Tanzen«, sagte man ihm.

Mit leiser Stimme, als wollte er sie sich deutlicher vorstellen, erwiderte er:

»Die Pawlowa.«

Das war alles. Es unterlief ihm jedoch, Eigennamen zu entstellen.

»Wenn Sie de Max gehört hätten«, sagte man ihm einmal.

Da wiederholte er mit dem immer gleichen Ausdruck: »Max.«

Wieder sah er auf seine Uhr. »Jetzt wird es aber Zeit«, dachte er. Er ging schneller. Er war ausgelassen. Diese Aufnahme in die Ehrenlegion war einer der seltenen Anlässe in seinem Leben, Abstand zu bekommen. In diesem Augenblick der Weihe wandte er sich wie an einem Haltepunkt um. Der zurückgelegte Weg verlor sich hinter ihm in einer immer verschwommeneren Entfernung. Die Jahre des Stillstands verschmolzen mit denen des rasanten Fortschritts. Das Ganze bildete eine gerade, stetig ansteigende Linie.

»Soll ich ein Gläschen trinken gehen?« fragte er sich.

Er ging in eine Bar und bestellte sich an der Theke einen Anis.

»Das wird mir Mut machen. Schließlich bin ich ja an der Reihe.«

Es gefiel ihm, ganz für sich der Würde des Banketts die Geste eines müßigen Spaziergängers entgegenzusetzen, zumal diese Geste zu den Freiheiten gehörte, die er sich seit kurzem genommen hatte. Er zündete eine Zigarette an. Bis vor einigen Wochen hatte er mit außerordentlicher Sturheit nie geraucht und alle Zigaretten abgelehnt, die ihm angeboten worden waren. Jetzt kaufte er ägyptischen Tabak. Er war nicht so linkisch wie die Frauen. Er rauchte wie ein richtiger Mann, aber so pedantisch, so behutsam, daß man jedesmal, wenn er sich eine Zigarette ansteckte, dies für ein Ereignis halten konnte.

»Ich trinke diesen Anis und gehe wieder ...«, sagte er lächelnd zum Kellner.

Er war blaß. Die Aufregung, die er empfand, nahm ihm den Atem.

»Es wäre doch lächerlich, wenn man mich vorher hier sähe«, murmelte er. »Außerdem ist es Viertel nach acht. Jetzt oder nie.«

Seine Hände waren feuchtkalt. Bisweilen überlief ihn ein Schauer.

»Hübsches Gesichtchen!« dachte er beim Hinausgehen, als ihm eine Passantin über den Weg lief.

Zweihundert Meter weiter wurde die rote Leuchtreklame des Hotel Gallia sichtbar, die den Boulevard erhellte. Mit glühendem und von einer feuchten, lauen Luft benetztem Gesicht ging er darauf zu. Bald erkannte er die hell erleuchtete große Fensterfront der Hotelhalle. Vorhänge verhüllten sie, durch die man jedoch die wie mit Gaze umgebenen Kronleuchter erblickte.

2. Kapitel

Als André Poitou den riesengroßen Saal betrat, dessen neue Parkettdielen und Kristallspiegel glänzten, blieb er einen Augenblick wie geblendet stehen. Seine Gestalt vervielfachte sich in den Spiegeln bis ins Unendliche. Eine große Zahl von Gästen ging hin und her. Ein Gemurmel, das für den Geschäftsmann immer mehr anzuschwellen schien, vibrierte in der Luft.

Das Hotel Gallia war gerade fertiggestellt worden. Daher war in diesem für Bankette vorgesehenen langen Saal auch für alles gesorgt, damit Bedienung und Komfort nichts zu wünschen übrigließen. Keine Tür war versperrt. Wegen der Deckenhöhe hatte das Hotel keinen ersten Stock. Die Zimmer befanden sich erst in der zweiten Etage. Man spürte, daß alles mehrere Jahre lang neu, komfortabel und praktisch bleiben würde. Später, wenn die Leute den Raum mieden, würde der weitläufige Saal vielleicht in kleine Salons unterteilt und die heute in frischen Farben gestrichene Holztäfelung mit schweren Vorhängen verkleidet sein.

Ganz hinten im Saal, in einer Art Raucherabteil, standen Männer, die tranken und sich unterhielten.

Man hörte das etwas zu laute Rattern der Aufzüge, die in die Küchen unter dem Untergeschoß fuhren, das einem Billardzimmer, den Garderoben und Telefonkabinen vorbehalten war.

Dieses Aufzugssystem war eine der Besonderheiten des Hotel Gallia. Da die Zimmer genau übereinander lagen, versorgte ein und derselbe Aufzug, in dessen Schacht man zugleich Lachen, Gespräche, Eifersuchtsszenen, Weinen, Bestellungen der Kellner hörte, ebenso viele Räume, wie es Stockwerke gab. In jedem Zimmer brauchte man nur zu klingeln, und eine Minute später zeigte eine rosa Glühbirne an, daß das bestellte Frühstück in dem als Grammophon getarnten Aufzug bereitstand.

Der Geschäftsmann ging einige Schritte vorwärts. Die Gäste hatten ihn bemerkt, aber keiner rührte sich oder unterbrach sein Gespräch. So ist es fast immer, wenn der Erwartete erscheint. Obwohl er von allen gesehen worden ist, dauert das Stimmengemurmel einen Moment an, als wäre nichts gewesen.

Die Geladenen standen teils in Gruppen herum, andere saßen zu zweit oder zu dritt in demselben Sessel. Wieder andere lasen die Karte mit der Speisenfolge. Kellner legten geschäftig letzte Hand an die Tischgedecke. Die lange Tafel war mit Blumen und Früchten überhäuft. Eine über die ganze Wandlänge gespannte Stoffbahn, wie man sie an Werbeverkaufstagen sieht, verkündete, daß die Direktion des Gallia sich für das Neujahrsfest die Mitwirkung einer Jazzkapelle und die des Geigers Carré, bester Absolvent des Conservatoire de Paris, gesichert hatte. Durch die Glastüren, die in die Halle führten, sah man die Hotelgäste, die die Neugier fast bis auf die Schwelle zum Saal zog, die sich aber hüteten, einen Schritt mehr zu tun, aus Angst, einen verbotenen Ort zu betreten.

Dieser Festabend war vielleicht der schönste, den André Poitou bisher erlebt hatte. Er machte seinen Erfolg greifbarer. Gegen Ende seines Lebens war dies ein so unvermuteter Neubeginn, daß der Geschäftsmann meinte, jeder darauffolgende Tag werde davon gleichsam begünstigt. Er verbarg seine Rührung unter einem Ausdruck von Genugtuung und bewegte sich ungezwungen vorwärts. Ein kleiner alter Mann, zur Feier des Tages in einem mit schwarzer Seide verbrämten Cutaway, kam ihm sogleich entgegen. Er wollte der erste Gratulant sein, damit sich der Geschäftsmann deutlicher daran erinnerte. Durch diesen Austausch von Worten, die, weil sie die ersten waren, noch dem Alltag anzugehören schienen, würde er eine Art stillschweigendes Einvernehmen schaffen, das so lange wie das Essen anhalten würde und das er beim Weggehen auffrischen wollte.

»Da bist du ja endlich, mein lieber Poitou!« sagte er. »Diese grandiose Kulisse ist für dich. Deinetwegen sind wir alle hier versammelt. Wie glücklich du sein mußt!«

»Sprich mich nicht an, Lorieux«, sagte der Geschäftsmann. »Ich bin im Augenblick zu gerührt, um dir so zu antworten, wie du es verdienst.«

Lorieux war der Arzt, zu dem André Poitou seit seinen ersten Berufsjahren jedesmal ging, wenn seine Gesundheit zu wünschen übrigließ. Dreißig Jahre hatten die Männer nur eine lose Beziehung gehabt. Erst kürzlich hatte André Poitou, dem plötzlichen Bedürfnis nach Bindungen folgend, angefangen, mit dem alten Mann zu verkehren. Angesichts der gewichtigen Position seines Patienten unterdrückte dieser den Groll, den Poitous Kälte und Geringschätzung in ihm hervorgerufen hatten. Von dem Tag an, als André Poitou ihm seine Freundschaft zugestanden hatte, war ihm klar, daß es in seinem Interesse lag, sie anzunehmen, ohne die leiseste Anspielung auf die Vergangenheit zu machen. Um dieses schnelle Annehmen zu rechtfertigen, tat er so, als habe auch er einen sonderbaren Charakter, und spielte mit Erfolg den Wunsch vor, sich zu verjüngen, und das Bedürfnis, mit einer langen Einsamkeit zu brechen, was ihn im übrigen nicht davon abhielt, seinen Bekannten anzuvertrauen, Poitou mache auf ihn den Eindruck einer »Kokotte im Ruhestand«.

»Im Ruhestand« war einer seiner Lieblingsausdrücke. Wenn er sich über einen älteren Mann lustig machen wollte, benutzte er immer diese Wörter. Vielleicht weil er, der auch nicht mehr ganz jung war, sich unbehaglich fühlte, wenn er jemanden als »alt« bezeichnete, wohingegen »im Ruhestand« ihn nicht betraf, da er trotz seiner vollen siebzig Jahre noch praktizierte.

Monsieur Poitou glaubte also, der Arzt sei sein bester

Freund. Er war ihm gegenüber zartfühlend wie ein Jüngling. Aus Angst, seinen Geburtstag zu übergehen, löste er den unteren Teil der Blätter seines Kalenders ab und markierte den siebzehnten Januar mit einem großen Kreuz. Wenn er wegfuhr, versäumte er nicht, ihm ein Telegramm zu schicken, um ihm mitzuteilen, daß er gut angekommen sei, was Lorieux völlig egal war.

Trotz seiner Gleichgültigkeit fürchtete der Arzt immer irgendeine Peinlichkeit. Er hatte zahlreiche Bekannte, deren Existenz er seinem Freund verschwiegen hatte. Daher zitterte Lorieux auch immer davor, wenn die beiden Männer zusammen ausgingen, etwa folgendermaßen angesprochen zu werden: »He, Lorieux, wo gehst du hin?«, wodurch alles, was er André Poitou geduldig zu verstehen gegeben hatte, auf einen Schlag zunichte gemacht worden wäre.

Übrigens war genau das, was er befürchtete, kürzlich eingetreten. Als der Geschäftsmann den Arzt besuchte, war ein gewisser Jacques Soulat in die Praxis gekommen. Lorieux hatte seine beiden Besucher einander vorstellen müssen.

Wie zu erwarten, war André Poitou leicht gekränkt gewesen, andererseits aber so froh, seinen Bekanntenkreis zu vergrößern, daß er es seinem Freund nicht nachgetragen hatte. Nachdem er gegangen war, hatte Lorieux offen mit Jacques Soulat gesprochen.

»Das ist ein Neurotiker, verstehst du. Stell ihn deiner Frau vor; lad ihn einmal zum Abendessen ein. Er wird überglücklich sein. Bei einem so geringen Aufwand, kann man sich ruhig gut mit ihm stellen.«

Von dem Tag an wurden die drei Männer unzertrennlich. Aber es gab immer kleine Unterschiede in ihrer jeweiligen Beziehung. So wandte sich Monsieur Poitou, wenn er eine Auskunft brauchte, immer an den Arzt. Trotz allem war er ein wenig eifersüchtig auf Soulat, wagte seine Gefühle aber nicht zu zeigen. Soulat, der seit über zwanzig Jahren mit Lorieux verkehrte, ertrug die Einmischung des Geschäftsmanns in seine Freundschaft mit Lorieux ganz gut. Er hatte ein für allemal begriffen, daß dessen Freundschaft niemals so eng sein würde wie seine, und aus Achtung vor der angesehenen Position des Geschäftsmanns war er darauf bedacht, nie einen Hauch von Eifersucht erkennen zu lassen. Er verhielt sich in André Poitous Beisein sogar recht ungezwungen Lorieux gegenüber und ging entweder schroff oder gleichgültig von ihm weg. Wenn er und der Arzt zufällig etwas vorhatten und der Geschäftsmann ausgerechnet dann Lorieux vorschlug, den Nachmittag mit ihm zu verbringen, machte Jacques Soulat sofort einen Rückzieher:

»Doch ... doch ... geht nur zusammen. Ich hatte völlig vergessen, daß ich eine wichtige Verabredung habe. Ich hätte sowieso nicht länger als eine halbe Stunde bleiben können.«

Dieses Verhalten hatte ihn indes André Poitou sympathisch gemacht, der nicht merkte, daß dahinter ein Einverständnis zwischen den beiden Männern stand. Und wenn Lorieux bei seinen Freunden, die beide ihren Platz räumen wollten, so tat, als liege ihm gleich viel an der Gesellschaft des einen wie des anderen, erkannte der Geschäftsmann nicht, daß beide eigentlich froh gewesen wären, den loszuwerden, den sie unter sich »die Klette« nannten.

Nachdem André Poitou ein paar Worte mit dem Arzt gewechselt hatte, ohne daran zu denken, was er sagte, weil seine Aufmerksamkeit einzig auf die Menge um ihn herum gerichtet war, während er gleichzeitig aus Höflichkeit bemüht war, Lorieux nicht aus den Augen zu lassen, was seinem Blick etwas Seltsames, Falsches gab, sagte er herzlich:

»So, ich verlasse dich für eine Minute. Bis gleich.«

»Du gehst schon?« erwiderte Lorieux im Stil jener Verliebten, die, nachdem sie ihrer Geliebten erlaubt haben, zu gehen, im Moment der Trennung zu ihr sagen: »Du hast es aber eilig!«

André Poitou war kaum ein paar Schritte in den Saal hineingegangen, als eine Gruppe von fünf oder sechs Personen ihn umringte. Unter ihnen waren eben jener Jacques Soulat und seine Frau Marthe, der offensichtlich gesagt worden war, was sie zu tun hatte. Sie folgte ihrem Mann, wohin er sich auch wandte, wie in einer Menschenmenge, in der sie fürchtete, ihn zu verlieren, und dabei sah sie dauernd hinter sich.

»Ein großer Abend!« sagte Jacques Soulat. »Wir alle teilen Ihre Gefühle.«

Wenn ein Mann Gegenstand der allgemeinen Beachtung ist, nimmt die Empfindlichkeit eines jeden zu. Ein üblicher Händedruck genügt nicht. Und eine Umarmung kann nur herablassend sein. André Poitou spürte es. Daher suchte er verzweifelt einen Mittelweg, was Jacques Soulat auf den Gedanken brachte, sein Freund sei vom Ausmaß des Banketts überwältigt. Das verschaffte ihm eine gewisse Genugtuung, denn er war nicht ohne Neid ins Hotel Gallia gegangen.

Von boshaftem Wesen, verwandte er den größten Teil seiner Zeit darauf, die Fehler anderer an den Tag zu bringen, sie aus der Wolke herauszulösen, die sie umhüllte, und sie so nüchtern darzubieten wie ein Stück aus einer Sammlung, nachdem er sie vereinfacht und verzerrt hatte, ohne die positiven Eigenschaften zu berücksichtigen, von denen sie wahrscheinlich ausgeglichen wurden, oder die Ursachen, die ihnen zugrunde lagen oder sie entschuldigen konnten. Da er mit seiner selbst gestellten Aufgabe schnell fertig war und wütend wurde, wenn er merkte, daß seine Gesprächspartner durch seine Feststellungen nicht anders wurden, versuchte er sie zu kränken, aber nicht offen, sondern heimtückisch, was ihm erlaubte, das Gesagte unauffällig widerrufen zu können.

»Ein verdienter großer Abend« fügte ein etwa vierzigjähriger Mann hinzu, dessen Gesicht von einem schwarzen Bart umrahmt war und dessen Statur Achtung gebot.

Er war ein seit neunzehnhundertzehn in Frankreich lebender Grieche namens Aristide Baladis. Während des Krieges war er in die Fremdenlegion eingetreten und sofort schwer verwundet worden. In seinem Knopfloch steckte die militärische Auszeichnung der

Ehrenlegion. Gleich nach seiner Heimkehr hatte er eine geräumige Wohnung gemietet, wo er mit Hilfe einiger Fachleute Maßschuhe zu horrenden Preisen anfertigte. Er trug einen Smoking von neuartigem Schnitt. Wenn man ihn beobachtete, ahnte man, daß alles in seinem Verhalten von dem Milieu abhing, in dem er sich befand. Er schien sich fortwährend darin zu gefallen, seinen vertrauten Umgang mit eleganten Frauen in seinem Äußeren anzudeuten. An diesem Abend im Hotel trug er die Ungezwungenheit des Stammgastes bei Empfängen und Diners zur Schau. Hin und wieder legte er jedoch seine gute Laune ab, um einen kalten Blick auf die Gäste zu werfen. Hätte sich eine Prinzessin an diesen Ort verirrt, so könnte man sich leicht vorstellen, wie Aristide Baladis sich in die Brust geworfen und sich mit aller Kraft aus seiner Umgebung herausgelöst hätte, sogar aufgestanden wäre, um mit plötzlich ganz anderen Gesten die Ungeladene zu dem kleinen Salon zu führen, den sie suchte.

André Poitou sah ihn mit einer Rührung an, die seine Augen in eine Art Dunst hüllte.

»Sie sind auch da? Wie nett von Ihnen!«

»Aber wie könnte ich denn anders . . .«

»Danke, lieber Freund. Danke.«

Die beiden Männer drückten sich lange die Hand.

Und das Merkwürdigste daran war, daß Aristide Baladis während dieser Gefühlswallung regelrecht gönnerhaft gegenüber dem Geschäftsmann wirkte, dessen Vermögen vielleicht hundertmal größer war als sein eigenes.

3. Kapitel

Ein hoher Kamin, der die Besonderheit hatte, daß er trotz der Feuerböcke, des Rostes, des Kaminschirms und -hakens unecht war, schmückte eine Seite des langen Saals. Daneben standen drei Männer im Gespräch. Es waren Freunde von Monsieur Poitou. Indem sie sich derart absonderten, wollten sie zeigen, daß sie durch Bande, die sie nicht hervorzukehren brauchten und die fester waren als die der andern Gäste, mit dem Geschäftsmann verbunden waren. Wie der Kamerad eines angesehenen Politikers im Bewußtsein der Sympathiebezeugungen, die ihn erwarten, während einer Feierlichkeit nur darauf aus ist, Unabhängigkeit und Unbeteiligtsein an den Tag zu legen, so gaben die drei vor, André Poitou nicht zu sehen. Als er in ihrer Nähe vorbeiging, schienen sie in fesselnde Betrachtungen versunken zu sein. Vor allem wollten sie nicht, daß der Geschäftsmann sie mit einem kühlen Wort an den Wankelmut der Gefühle erinnerte, die sie verbanden. Mit ihrer Zurückhaltung glaubten sie zu zeigen, wie gut sie verstanden, daß der Kaufmann in einer solchen Situation gar keine Zeit hatte, mit ihnen zu sprechen, wie er es sonst tat, und meinten auf diese Weise seine Dankbarkeit zu verdienen. Sie täuschten sich übrigens nicht.

Mitten in dem Gedränge, das im Bankettsaal entstanden war, hatte André Poitou seine Gelassenheit verloren. Seinen Freunden gegenüber war er verlegen, weil er sie am liebsten mit einer höflichen Bemerkung begrüßt hätte und gleichzeitig am liebsten von ihnen fort zu anderen gegangen wäre. Wenn er an einem bekannten Gesicht vorbeikam, blieb er stehen, aber gerade so lange, um ein paar Floskeln auszutauschen. Um sich von seinen Gesprächspartnern abzusetzen, hatte er sich ein seltsames Verhalten zugelegt. Während man mit ihm sprach, wurde sein bei den ersten Worten freundlich lächelndes Gesicht immer düsterer und wandte sich dann zerstreut irgendeinem Punkt im Saale zu. Plötzlich sagte der Geschäftsmann: »Ja ..., ja ..., ich verstehe Sie.« Dann, während noch immer das Wort an ihn gerichtet wurde, entfernte er sich behutsam, ohne jedoch geradewegs den Rücken zu kehren. Erst einige Meter weiter, nach einem Umweg, schüttelte er wieder eine Hand und wechselte ein paar Worte, bis das gleiche Spiel von neuem begann.

Unter den Leuten, die mit kleinen Schritten im Saal umherwandelten, waren einige, die alle Anwesenden kannten, und andere, die sich verloren fühlten. Diese blieben zuweilen mit strengem Gesicht vor dem Platz stehen, den sie beim Diner einnehmen sollten. Sie nahmen dann die Karte mit der Speisenfolge in ihre zitternden Hände, lasen sie mehrmals und stellten sie genau an die Stelle zurück, von wo sie sie genommen hatten. Danach entfernten sie sich, gingen zu den Türen und schritten weiter, um die Halle zu inspizieren. Dort herrschte ein Kommen und Gehen von den Hotelgästen, die einzeln, ruhig und mit leicht gelangweilter Miene nicht zu wissen schienen, was sie mit ihrem Abend anfangen sollten.

Unterdessen verließen die ständigen Besucher derartiger Festivitäten alle Augenblicke die Gruppen, mit denen sie zusammenstanden, um sich unter andere zu mischen, bei denen sie auch nicht länger blieben, machten kehrt, nahmen unversehens einen Gast beim Arm und führten ihn in eine Fensternische; sie kreisten ihn mit großen Gesten ein, unterbrachen sich plötzlich, um Vorübergehende zu grüßen. Ohne Übergang entschuldigten sie sich, um irgendeinem Gast ein einziges Wort zu sagen, und wenn sie zurückkamen, gingen sie gleich wieder, so ungeduldig waren sie, mit allen zu sprechen.

»Guten Abend, mein Lieber. Aha, sind Sie auch mit von der Partie! Was machen Sie denn so? Wie kommt es, daß man Sie gar nicht mehr sieht? Haben Sie erreicht, was Sie wollten? Und die Frau Gemahlin und der Herr Sohn? Wohnen Sie immer noch an derselben Adresse?« sagten sie, ihre Notizbücher zückend, ohne die Antworten abzuwarten, nur darauf aus, die gleichen Fragen woanders zu stellen.

Mitunter standen sie auf einmal einen Augenblick allein da. Dann bemerkte man sie mitten im Gedränge, reglos verharrend, den Kopf nach rechts und links drehend, auf der Lauer wie ein gejagtes Tier. Auf ihrem Gesicht stand ein beinahe verängstigter Ausdruck. Während dieser kurzen Spanne von Einsamkeit schienen sie zu spüren, daß wichtige Ereignisse sich ohne sie vorbereiteten, daß sie zu spät kämen, um Nutzen aus irgendeinem Vorteil zu ziehen, daß sie gerade in dieser Minute dichter unter die Menge hätten gemischt sein müssen. Ihre Augen suchten verzweifelt ein vertrautes Gesicht. Fanden sie es, so schien es ihnen sogleich, angesichts der vielen Gelüste, die die Anzahl und der Rang der Gäste in ihnen erweckten, doch nicht das zu sein, auf welches sie zugehen sollten. Sie zögerten, bis sie schließlich das Wort an den erstbesten richteten.

Ein anderes Gehabe war noch amüsanter zu beobachten. Wenn André Poitou mit jemandem plauderte, sah man oft einen Gast sich nähern, der, einige Schritte von dem Geschäftsmann entfernt, den Blick starr auf ihn gerichtet, stehenblieb, um anderen zu zeigen, daß er als nächster mit ihm sprechen wollte und darauf wartete, daß der neue Ehrenlegionär allein sein würde. War es soweit, redete er ihn umgehend an und stürzte mit einem derart leutseligen Gesicht, daß es von dem harten und strengen abstach, welches vorher andere Aspiranten fernhalten sollte, in ein Gespräch, von dem man nach dem Sprachtempo und dem Überschwang der Gesten ahnte, daß es wohl lang werden würde. Es kam aber vor, daß ein anderer Gast, der den gleichen Vorsatz hatte, gleichzeitig mit dem ersten auf André Poitou zutrat. Demütig warteten dann beide, daß der Geschäftsmann eine Bevorzugung zu erkennen gab. Um sich der unangenehmen Situation zu entziehen, stellte er sie einander vor und verdrückte sich, sobald sie aus Unachtsamkeit einige Sätze wechselten.

Mit so einem strategischen Vorgehen gelang es Fortunat, einem Kriegsversehrten um die vierzig, den Monsieur Poitou als Bürodiener beschäftigte und den er in einer liberalen Gemütsverfassung eingeladen hatte, um sich beim niederen Personal beliebt zu machen, sich seinem Direktor zu nähern. Der begrüßte ihn mit seiner Floskel: »Wie ich mich freue, daß Sie daran gedacht haben zu kommen!« und wollte ihn dann stehenlassen.

Aber Fortunat folgte ihm stammelnd:

»Hören Sie mich an, Herr Direktor. Nur auf ein Wort. Ich hoffe, Sie haben nichts dagegen.«

André Poitou blieb stehen. Er ahnte eine ärgerliche Bitte um Geld. Doch ohne etwas von seinen Gedanken zu erkennen zu geben, sagte er in jovialem Ton, als wäre ihm eine solche Behelligung nicht einmal in den Sinn gekommen, um so den Angestellten zu entmutigen:

»Ich höre ... aber fassen Sie sich kurz ... ich weiß nicht, wo mir der Kopf steht.«

Ohne die Fassung zu verlieren, begann Fortunat:

»Entschuldigen Sie bitte, Herr Direktor, daß ich hier mit Ihnen über Persönliches rede. Aber ich bin in einer sehr kritischen Situation. Meine Frau ist sehr krank. Das hat mir den Mut gegeben, Sie anzusprechen. Ich möchte, daß Sie etwas für sie tun, wenn es möglich wäre.«

André Poitou fühlte sich plötzlich geschmeichelt von dieser Bitte. Sie erschien ihm wie einer der unvermeidlichen Zwischenfälle an Tagen des Triumphs. Er hatte genug Erfahrung, um zu wissen, daß die Bittgesuche immer kühner werden, je höher man aufsteigt. Es war also ein Zeichen dafür, daß er es sehr weit gebracht hatte, wenn einer seiner Angestellten sich eine solche Freiheit herausnahm. Da er aber meinte, daß diese Befriedigung seiner Eigenliebe seinem Gesprächspartner entgehen mußte, gab er die vorübergehende Absicht wieder auf, als Dank dafür dem Bürodiener zu helfen, und wurde wieder der Direktor der Firma Poitou.

»Sie brauchen nur einen Antrag zu stellen. Der wird mir vorgelegt. Ich werde ihn wohlwollend prüfen. Wenn er berechtigt ist, sehe ich keinen Grund, ihn abzulehnen.«

»Ich habe einen gestellt, Herr Direktor.«

»Was wollen Sie denn dann? Ich werde doch jetzt nicht in mein Büro gehen. Ich werde ihn prüfen, das ist alles, was ich Ihnen sagen kann.«

»Aber wahrscheinlich wird der Herr Direktor morgen nicht kommen. Und es ist eilig. Ich wollte schon gestern mit Ihnen sprechen. Aber da waren Sie nicht da.«

»Gut ... gut ... wir werden sehen.«

Bei den letzten Worten entfernte sich André Poitou. Diese Behelligung bereitete ihm Unbehagen.

»Das ist Erpressung. Ich werde ihn hinauswerfen. So was tut man nicht. Im übrigen habe ich es verdient. Wenn man Angestellte einlädt, bekommt man immer solche Geschichten.«

Mit gesenktem Kopf über diesen lächerlichen Zwischenfall nachdenkend, machte er ein paar Schritte, ohne jemanden zu sehen.

»Was hast Du denn?« fragte Jacques Soulat, an dem er gerade vorbeigegegangen war.

»Was ich habe?«

»Du wirkst ganz versunken.«

»Nein. Ich habe überlegt. Oh, ich habe nichts ... nichts besonders Schlimmes.«

Plötzlich erklangen die Schreie einer Frau hinten aus dem Saal:

»Monsieur Poitou, Monsieur Poitou!«

Die um den Geschäftsmann Herumstehenden wichen auseinander, damit er sehen konnte, wer ihn rief, während Jacques Soulat ganz leise zu seinem Freund Lorieux sagte:

»Was für ein Tag für ihn!«

Die Person, die Monsieur Poitou auf solche Weise gerufen hatte, war eine ältere, aber geschminkte Frau, deren Bekanntschaft er zufällig gemacht hatte. Die Witwe eines Generals. Sie war eines Morgens in sein Büro gekommen, wie übrigens schon bei den meisten wichtigen Pariser Geschäftsleuten, hatte dem Faktotum, eben jenem Fortunat, ihre Karte überreicht und herrisch gesagt:

»Monsieur Poitou erwartet mich. Lassen Sie ihm

meine Karte bringen. Ich will mit ihm sprechen. Es ist unbedingt notwendig.«

Ins Büro des Direktors vorgedrungen, der damals schon Bekanntschaften suchte, hatte sie dann gesagt:

»Ich komme gerade von einer Konkurrenzfirma. Nehmen Sie es mir bitte nicht übel, Monsieur Poitou. Meine Familie ist zu ehrbar, als daß ich unlautere Tricks anwenden würde. Mein armer Gatte ist tot. Er war General, sein Vater ebenfalls, und ich stamme aus einer der angesehensten Familien aus der Touraine. Ich bin die Tochter eines Weingutbesitzers. Man kann meine Vergangenheit durchstöbern. Sie ist makellos. Und meine Redlichkeit ist allen Leuten bekannt, die mit mir zu tun hatten. Sie können sich überall erkundigen.«

Es war eine Schrulle von Madame Wegener – so hieß sie –, völlig außer Kontrolle zu geraten, sobald es um ihre Redlichkeit ging. Dann schmückte sie diese Eigenschaft mit so vielen Attributen aus, daß sie darüber den Faden verlor.

Schließlich bat sie Monsieur Poitou um die Zusage, eine Filiale zu leiten. Nachdem der Geschäftsmann positive Auskünfte über die Generalswitwe eingeholt hatte, entschloß er sich, ihr seine Filiale in der Rue de Rivoli anzuvertrauen; doch auf Madame Wegeners dringende Bitten hin, die »nicht für diese volkstümliche Sonntagskundschaft geeignet war«, übertrug er ihr, wenn auch mit jenem unangenehmen Gefühl, das eine unterbewertete Großzügigkeit hervorrief, die Leitung der Filiale in der Avenue des Ternes. Das ging nicht ohne weiteres, da der Inhaber der Stelle sich lange weigerte, mit der Rue de Rivoli zu tauschen.

Nach diesem Erfolg wurde Madame Wegener immer anspruchsvoller. Kein Tag verging, ohne daß sie Monsieur Poitou anrief, damit er eine Entlassung bestätigen sollte, oder um ihm andere Witwen zu empfehlen, »die Ihnen Dienste erweisen können, ich behaupte nicht, solche wie ich, sondern bei der Repräsentation und der Reklame.« Dieses Wort kam ihr, obwohl sie seinen Sinn nur vage verstand, unentwegt über die Lippen, sobald sie von Geschäften sprach.

»Vergessen Sie nicht«, sagte sie jedesmal, wenn sie den Geschäftsmann sah, »daß ich nie ›Händlerin‹ war. Geschäfte und Reklame sind mir fremd.«

Sie setzte ihre Selbstachtung darein, als Ebenbürtige ihres Direktors aufzutreten. Alle Augenblicke rief sie ihn an, um ihn um Rat zu fragen:

»Sind Sie es, Monsieur Poitou? Hier ist Madame Wegener. Entschuldigen Sie, daß ich Sie störe. Es dauert nicht lange. Nur eine Minute. Eine Kundin möchte den Schuh Nummer zwölf im Katalog, in Mahagoni. Kann man ihr zusagen, daß sie ihn bekommt?«

Obwohl das Sache der Herstellungsabteilung war, antwortete Monsieur liebenswürdig. Wenn er auf seiner Inspektionsrunde vorbeikam, bot sie ihm einen Stuhl an, bediente sich der Verkäuferinnen als Dienstmädchen und ließ Portwein holen. Es kam vor, daß sie abends, eine halbe Stunde vor Ladenschluß, noch einmal anrief:

»Monsieur Poitou, ich gehe zu einer Einladung, ich mache das Geschäft etwas früher zu als sonst. Ich hoffe, Sie nehmen es mir nicht übel? Und wissen Sie, daß ich immer noch darauf warte, daß Sie Ihr Versprechen wahr machen. Sie erinnern sich nicht mehr. Unsere Einladung, hören Sie, unsere Einladung, Sie wissen schon, bei der Generalin Humbeeck. Sie haben es mir versprochen. Ich habe Ihr Wort und bewahre es wie einen Schatz.«

Nach und nach, noch immer den Anschein einer Frau erweckend, die sich auf niedrige Arbeiten einläßt, um ihre Einkünfte aufzubessern, nahm sie sich mehr und mehr Freiheiten heraus. Mit dem stets spürbaren unterschwelligen Anspruch, ihr sei alles erlaubt, da sie die Witwe eines Generals war, spielte sie die kapriziöse Frau. Sie ließ die Gewohnheit einreißen, Monsieur Poitou wegen Kinkerlitzchen zu Haus anzurufen. Kaum richtete er das Wort an sie, fing sie auch schon an zu lachen. Sobald sie mit ihm zusammen war, scherzte sie unaufhörlich und stellte sich naiv und gleichgültig, wenn sie von der Filiale sprach, auch noch nach den zwei Jahren, die sie dort war.

»Ach so, ich verstehe«, erwiderte sie auf eine Erklärung des Geschäftsmannes. »Jetzt werde ich aufpassen. Sie werden sehen, daß Sie sich nicht mehr über mich zu beklagen brauchen. Wie sagten Sie noch einmal?«

Und auf eine zweite Erklärung hin:

»Ich hatte es ja verstanden. Eigentlich ist es ganz einfach. Eine kleine Anstrengung genügt, um sich hineinzuversetzen.«

4. Kapitel

An diesem Abend in dem großen Hotelsaal begriff sie jedoch, daß sie zu vertraulich gewesen war und daß der Wunsch, die Gäste und die anderen anwesenden Geschäftsführer in Erstaunen zu versetzen, sie etwas zu weit getrieben hatte, als sie vor allen Versammelten ›Monsieur Poitou, Monsieur Poitou!‹ gerufen hatte. Daher wollte sie in einem lichten Moment das Brüskierende dieses Rufs mit einem Wasserfall von Lobreden vertuschen:

»Monsieur Poitou«, sagte sie, als sie vor ihm stand, »dieser Tag ist für uns alle rot angestrichen. Wir sind mit Ihnen nicht nur durch unsere Gegenwart, sondern auch in unseren Gefühlen.«

Mit der ihr eigenen Unbedarftheit wandte sie sich an die Gäste, die sie nicht kannte, um schnellere Zustimmung zu finden. Aber diese Gefühlsbezeigung, die von allen als wenig aufrichtig empfunden wurde, verfehlte es nicht, eifersüchtige Reaktionen hervorzurufen; sie waren um so stärker, als alle merkten, daß die Schmeichelei auf Monsieur Poitou wirkte, der gutgläubig und naiv geworden war, seit er sich einbildete, zur guten Gesellschaft zu gehören. Daher flüchteten alle Gäste, die bis dahin überschwenglich gewirkt hatten, als hätten sie sich abgesprochen, in kalte Neutralität und begnügten sich damit, beifällig zu nicken.

In dem Moment stimmte Louis Jarrige, der ahnte, daß all dies in einem Augenblick der Verlegenheit enden würde, Madame Wegener plötzlich warmherzig zu. Monsieur Jarrige war ein blonder fünfunddreißigjähriger Mann, dessen Gesicht übersät war mit Sommersprossen. Unscheinbar und übertrieben freundlich, war er ein Feind davon, was er »Geschichten« nannte. Sein Charakter drängte ihn immer, eine abwartende Haltung einzunehmen. Immer wenn einer seiner Untergebenen ihm gegenüber irgendeinen Groll zeigte, schmeichelte er ihm, beschwichtigte ihn mit den gleichen Worten, wie er es bei einem Vorgesetzten getan hätte. Er trachtete nur danach, daß alle Welt sich gut verstand. Mit diesem Hang zur Versöhnung ging jedoch eine tiefe Gleichgültigkeit einher und ein völliges Vergessen, sobald er sich entfernt hatte. Er wußte nicht, was nachtragender Groll war. Sowie er mit seinem Reden irgendeinen Zornesausbruch besänftigt hatte, meinte er, er sei ebenso erledigt, als hätte er eine körperliche Arbeit hinter sich gebracht. Daher zeigte er sich auch höchst überrascht, wenn man sich wieder beschimpfte.

»Sie denken immer noch daran!« sagte er. »Für mich ist das lange vergessen.«

Er trat zu Monsieur Poitou, faßte ihn vertraulich bei den Schultern und sagte, auf Madame Wegener deutend, mit seiner Kopfstimme:

»Die gnädige Frau ist unsere Wortführerin. Nur sie kann es sein.«

»Für uns alle«, überbot ihn Lorieux.

»Ganz recht«, entgegnete Louis Jarrige. »Für uns alle!«

»Sie haben mich unterbrochen! Lassen Sie mich ausreden«, fuhr Madame Wegener fort. »Ich habe noch nicht gesagt, für wie gut ich Monsieur Poitou halte. Ich bin die Witwe eines Generals und schäme mich nicht zu gestehen, daß ich nach dem Tod meines Gatten kritische Tage, brotlose Tage durchgemacht habe.«

»Deswegen braucht man sich nicht zu schämen«, warf ein friedlicher Mann ein, der bis dahin den Mund nicht aufgetan hatte und zu träumen schien.

»Nein, deswegen braucht man sich nicht zu schämen«, sagte ein anderer Gast. »Armut ist keine Schande.«

»Die sich schämen, sind gerade diejenigen, die an ihrem Los selbst schuld sind«, fügte noch ein anderer hinzu.

Madame Wegener, die trotz des Durcheinanders weitergeredet hatte, schrie so laut, daß schließlich alle anderen verstummten, um ihr zuzuhören.

»Ich hatte kein Geld, unsere Miete zu bezahlen, und wenn ich Ihnen sage, daß ich, die ich an offizielle Empfänge gewöhnt war und beim Ausgehen immer meinen Wagen mitnahm, ein armseliges Dasein fristete, bis mir Monsieur Poitou zu Hilfe kam. Jetzt wo es vorbei ist, kann ich es ja sagen. Zu dem Zeitpunkt hatte ich seit vier Tagen nichts gegessen.«

Madame Wegener war ohne jedes Schamgefühl. Sobald ein paar Menschen um sie waren, erzählte sie die intimsten Geschichten und weihte die Umstehenden in ihre Geldsorgen ein.

»Das ist unmöglich. Das kann ich nicht glauben.«

»Ich versichere es Ihnen. Gilt mein Wort oder gilt es nicht?«

»Vier Tage und vier Nächte? Übertreiben Sie auch nicht?«

»Nun, das ist ganz einfach. Von Montag bis Freitag, das sind sogar genau fünf Tage.«

»Das sind tatsächlich fünf Tage.«

»Was, seit fünf Tagen?« fragte ein eben erschienener Gast.

Madame Wegener wandte sich ihm zu und antwortete, nachdem sie ihm lange in die Augen gesehen hatte:

»Ja, Monsieur. Ich hatte seit fünf Tagen und fünf Nächten nichts gegessen.«

Der neue Gast, der glaubte, es werde gescherzt, wollte nicht nachstehen:

»Nun, mir scheint, das können Sie heute abend nachholen!«

Dieser Satz wirkte auf die Anwesenden befreiend, und Madame Wegener war die erste, die darüber lachte, aber in wenig natürlichem Ton. Es war amüsant zu beobachten, wie sie, um keine Ausnahme zu machen, bemüht war, sich der Gemütslage ihrer Umgebung anzupassen, während ihre Natur sie eigentlich zu einer gesonderten Äußerung gedrängt hätte. Auf ihrem Gesicht stand ein der Situation angemessener Ausdruck. Man ahnte, daß die unmittelbar neben ihr Stehenden ihr Ehrfurcht einflößten. Daß sie keine von ihnen abweichende Haltung einzunehmen wagte, machte sie linkisch, und diese Verlegenheit bei einer sonst so ungenierten Person überraschte immer wieder.

André Poitou nutzte diese Heiterkeit, um sich davonzumachen.

»Haben Sie den Herrn Senator gesehen?« fragte ihn ein Gast im Vorbeigehen.

Der Geschäftsmann blieb stehen. Der Senator, Monsieur Marchesseau, sollte die bedeutendste Persönlichkeit unter den geladenen Gästen sein. André Poitou hatte unentwegt an ihn gedacht. Um frei zu sein und gleich bei seinem Erscheinen auf ihn zugehen zu können, hatte er geflissentlich jeden Ungelegenen abgewimmelt. Deshalb riß ihn diese unerwartete Frage auch aus der Gleichgültigkeit, die er bis dahin gespielt hatte.

»Den Senator Marchesseau?« wiederholte er, so als sollten noch weitere Parlamentarier kommen.

»Ganz recht. Den Senator Marchesseau höchstpersönlich.«

»Mir scheint, er muß hier sein, aber ich habe ihn noch nicht gesehen.«

Zufrieden mit dieser Antwort, die andeutete, daß die Bedeutung jener Persönlichkeit ihn nicht berührte, entfernte sich André Poitou. Nach einigen Schritten stand er plötzlich Fortunat gegenüber, der, nachdem er ihm seine Bitte vorgetragen hatte, seinen Chef nicht aus den Augen gelassen hatte und sich so bewegte, daß er von ihm gesehen wurde. Als der Geschäftsmann den Kopf abwandte, stieß der Angestellte ihn leicht an und sagte:

»Entschuldigung, Herr Direktor.«

Damit wollte Fortunat zeigen, daß er genauso ein Mensch war wie die anderen und daß er sich, nachdem er seine Bitte um Geld vorgetragen hatte, ebenso gut benehmen konnte wie alle sowie sich zu entschuldigen wußte, wenn die Gelegenheit sich bot.

»Macht nichts«, entgegnete unfreundlich André Poitou, den Fortunat allmählich ärgerte.

»Ich bitte tausendmal um Verzeihung, Herr Direktor. Ich habe nach rechts gesehen und Sie dabei versehentlich angestoßen.«

Wie die meisten kleinen Leute bildete sich der Bürodiener ein, die Menschen würden nach ihrer Höflichkeit beurteilt. Für einige Stunden in Berührung gebracht mit einer Welt, der er schon am nächsten Tag dienen würde wie zuvor, war Fortunat leicht berauscht. Bevor er kam, hatte er geglaubt, er würde abgesondert, und hatte sich sogar vorgestellt, für ihn wäre ein Extratisch gedeckt, damit seine bescheidene Person sich nicht unter die feinen Leute mischte. Als er feststellte, daß niemand ihn mied, daß man ihm gegenüber genauso zuvorkommend war wie zu den anderen, hatte er allmählich Selbstvertrauen gewonnen. Jetzt mischte er sich in alle Gespräche ein, scherzte, ging plötzlich von einer Gruppe zur anderen, so daß die Vertreter der Büro- und Fabrikbelegschaft, die sein Treiben bemerkt hatten, ständig mit von einem bösen Ausdruck gealterten Gesichtern sagten:

»Er glaubt, er hätte es geschafft. Er glaubt es mehr und mehr. Sehen Sie, alle machen sich über ihn lustig, und dieser arme Einfaltspinsel merkt es nicht einmal.«

Um den Bürodiener zu vergessen, mischte sich Monsieur Poitou unter die erste Gruppe, in der er ein paar Gesichter erkannte. Kaum war er dazugetreten, bildete sich ein Halbkreis um ihn. Plötzlich senkte er den Kopf. Fortunat war einige Meter von ihm entfernt stehengeblieben und sah ihn lächelnd an.

»Der ist ja eine Landplage!« dachte der Geschäftsmann. »Was will er bloß von mir, mit seinen Entschuldigungen und seinem Lächeln?«

Um dem Kommis zu bedeuten, daß dieses Getue ihm mißfiel, drehte André Poitou ihm schroff den Rücken zu und fing an zu reden, ohne zu wissen, wohin das führen würde. Alles hörte ihm aufmerksam zu. Nickende Köpfe bestätigten seine Worte. Doch nachdem er gesagt hatte, daß es ein Fehler der Regierung sei, den Handel mit Steuern zu überlasten, die jede Transaktion riskant machten und damit indirekt dem Wohlstand des Landes schadeten, erhob ein junger Mann mit leicht gepudertem Gesicht, in einem Smoking nach der neuesten Mode und mit einem ziemlich lockeren Goldarmband am Handgelenk, das jedesmal, wenn er die Hand senkte, auf die Finger rutschte, in so kategorischem Ton Einspruch, daß alle sich ihm zuwandten.

»Ich muß Ihnen leider widersprechen, Monsieur«, sagte er. »Ich habe dazu eine ganz andere Meinung. Der Handel ist meiner Meinung nach der Liebling unserer Zeit. Man braucht nur zu kaufen und weiterzuverkaufen, um sich maßlos zu bereichern. Das ist ein Skandal. Ich wage sogar zu behaupten, daß es ein Anzeichen für eine kommende barbarische Ära ist. Wenn die Materie den Sieg über den Geist, der rücksichtslose Handel den Sieg über die Werke der Intelligenz davonträgt, ist es äußerst selten, daß daraus nicht soziale Unruhen entstehen.«

Dieser Redeschwall versetzte Monsieur Poitou in eine Art Betäubung. Er hatte sich schon immer darüber gewundert, daß junge Männer, die für ihn keinerlei Daseinsberechtigung zu haben schienen außer der, an die Liebe zu denken, aufrichtige Meinungen haben konnten. Er empfand ihnen gegenüber das gleiche bittere Gefühl der Menschen, die angesichts der Begeisterung irgendeines Jünglings die Beurteilungen dahinschmelzen sehen, die eine Erfahrung ihnen vorschreibt, an die sie so fest glauben. Er wollte dennoch antworten, aber er hatte keine Zeit dazu. Der junge Mann fuhr fort:

»Natürlich sehe ich das von einer höheren Ebene. Ich weiß, daß es im Leben anders ist. Ich selbst, Monsieur, und das wird Ihnen klarmachen, daß ich keinerlei Haß gegen Kaufleute empfinde, ich bin der Sohn eines Lederwarenhändlers. Nächstes Jahr zieht mein Vater sich zurück, und natürlich werde ich die Führung seines Geschäfts übernehmen.«

»Unter den Umständen denken wir genau wie Sie«, sagte ein Gast.

»Mit einer Einschränkung«, fügte André Poitou hinzu. »Einer einzigen Einschränkung.«

»Welcher denn? Es ist keine Einschränkung möglich.«

»Daß Sie sich selbst gegenüber nicht logisch sind.«

5. Kapitel

An einem Ende des Saals sprachen Monsieur Poitous Bruder und seine Schwester leise miteinander.

Maurice Poitou war dreiundfünfzig Jahre alt. Er war streitsüchtig und verstand sich mit niemandem.

»Antipathie läßt sich nicht erklären. Ich kann ihn nicht ausstehen«, sagte er zum Beispiel von irgend jemandem, »und damit basta.«

»Aber dieser Mann tut seit zwanzig Jahren Gutes, wo er hinkommt«, entgegnete man ihm. »Er versorgt seine arme Mutter. Dafür arbeitet er achtzehn Stunden am Tag.«

»Das ist mir schnuppe. Mir ist er unsympathisch. Das läßt sich nicht begründen.«

Er war eifrig auf die Unabhängigkeit seiner Gefühle und seines Geschmacks bedacht. Bot man ihm Tee an, gab er folgende Antwort:

»Ich mag keinen Tee. Was soll ich machen? Ich kann nichts dafür.«

Andauernd schien eine seinem Willen überlegene Macht ihn am Handeln zu hindern. Wenn er gefragt wurde, warum er nicht zu einer Verabredung gekommen war, antwortete er:

»Ich hatte keine Lust. Das war stärker als ich, was soll ich da machen?«

Er lebte von dem Geld, das sein Bruder ihm gab; deshalb sprach er ihn auch unentwegt auf die Pflichten an, die man sich unter Familienmitgliedern schuldig ist. Er kam ständig auf die Anfänge des Geschäftsmanns zurück, um ihm zu verdeutlichen, daß sie eigentlich genauso waren wie seine und daß nur die Jahre und eine unterschiedliche Ausrichtung der Grund für den Unterschied ihrer Lage waren.

»Erinnerst du dich daran, als wir klein waren, in Saint-Amarin?« sagte er. »Diese Schneeballschlachten! Und der eine Schneeball, den du mitten auf die Nase bekommen hast?«

Zu Beginn dieses Abends hatte er eine reservierte Haltung eingenommen, wollte jedoch während des Essens durchblicken lassen, daß er der Bruder des Geschäftsmanns war. Was Blanche Poitou betraf, die Schwester der Brüder Poitou, so war sie mit Federn geschmückt und trug ein mit schwarzen Pailletten besetztes Kleid. Sie war etwa im gleichen Alter wie André. Ihre Größe und ihr Leibesumfang waren überdurchschnittlich, was sie nicht im geringsten davon abhielt, sich fortwährend übertrieben weiblich zu verhalten. Mit einem Feldwebel verheiratet, der sich zur selben Zeit in Toulon befand, redete sie fast nichts, sobald sie von unbekannten Gesichtern umgeben war, vielmehr gab sie ständig Ausrufe von sich. »Ach! Na also! Seltsam! Wirklich, wer hätte das gedacht?« kam es unaufhörlich aus ihrem Mund. Es gibt einen im Gebiet der Vogesen verbreiteten Ausdruck, der gebraucht wird, wenn man sich verletzt hat, der für au oder aua gebraucht wird. »Autsch.« Trotz ihrer Bemühungen hatte sie diesen grotesken Ausdruck nicht loswerden können. Daher benutzte sie ihn wie etwas Originelles. Erzählte man ihr zum Beispiel, daß ein Mann aus einer fahrenden Straßenbahn gefallen war, rief sie: »Autsch, autsch!«

Sie hielt ein Telegramm von ihrem Mann in der Hand, in dem dieser sich entschuldigte, daß er nicht an dem Bankett teilnehmen konnte. Sie wagte nicht, es André zu geben.

»Nimm du das Telegramm, Maurice, und gib es ihm. Das wird ihn freuen.«

Aber Maurice war überhaupt nicht erpicht auf diesen Auftrag. Es widerstrebte ihm, den Mann seiner Schwester herauszustellen. Er spürte vage, daß der Feldwebel irgendeinen Gefallen von seinem Bruder erwartete. Da er der einzige sein wollte, der in den Genuß von André Poitous Vergünstigungen kam, sagte er:

»Das ist nicht nötig. Denk ja nicht, er würde sich in einem solchen Moment daran erinnern. Er hat mir gesagt, daß er schon über hundert bekommen hat. Ein Telegramm ist schließlich ein Stück Papier wie jedes andere. Außerdem, ich will nicht, ich kann dir nicht erklären, aus welchem Grund.«

»Dann gebe ich es ihm nach dem Essen, indem ich ihn beiseite nehme.«

»Ich sage dir doch, daß es nicht nötig ist. Es darf

nicht so aussehen, als liefe man hinter ihm her. Was steht denn in dem Telegramm?«

Maurice Poitou nahm das Stück Papier und las: »Glücklicher als ich. Gratulation zur Ehrenlegion. Feldwebel Mesnard.«

»Das ist doch nicht möglich! Dein Mann ist ja verrückt! Was meint er mit glücklicher als ich?«

»Er ist nicht drin in der Ehrenlegion. Das ist es, glaube ich.«

»Er hätte nur seine Glückwünsche zu schicken brauchen. Das tut man nicht. Der Mann hat keine Erziehung.«

»Das verstehst du nicht, Maurice. Es genügt, daß jemand etwas bekommt, was er haben möchte, damit diese Sache einen großen Wert erhält. Er ist so. Das ist sein Charakter. Jeder hat seinen Charakter.«

»Das ist sein Charakter, das ist sein Charakter, meinetwegen! Und außerdem brauche ich mich vor dir nicht zu rechtfertigen. Mir gefällt es eben nicht, dieses Telegramm zu übergeben. Da kann man nichts dagegen machen. Du weißt ja, wie ich bin. Wenn ich etwas nicht will, könnte man mir alles Gold der Welt geben, und ich würde es nicht tun.«

Ein ehrwürdig aussehender Mann, der am Arm eines Jünglings auf der Schwelle zum Saal erschienen war, unterbrach ihn. Der Mann tat einige Schritte, dann blieb er stehen. Er reichte seinem Sohn seinen Stock, rückte sein Monokel zurecht und ging dann weiter. Es waren Monsieur Dumesnil, der Präsident des französischen Schuhherstellerverbandes, und sein Sohn Jean.

»Wer ist dieser bedeutende Herr?« fragte Lorieux Jacques Soulat.

»Mir geht es wie dir ... ich habe keine Ahnung ... nicht die geringste.«

»Frag Aristide. Er muß es wissen.«

Jacques Soulat wandte sich an den griechischen Schuhhersteller:

»Wer ist der Mann mit dem Monokel?«

Der Grieche beugte sich zu Soulat hinüber, legte die Hand vor den Mund und flüsterte:

»Das ist der Präsident.«

»Wovon?«

»Von unserem Verband ... Der Präsident unseres Verbandes.«

Monsieur Dumesnil war gleich auf André Poitou zugesteuert, der sich, als er ihn plötzlich erblickte, von den Gästen um ihn herum löste und auf ihn zuging.

»Sie, Herr Präsident?« sagte er mit erstickter Stimme.

»Wie geht es Ihnen, Monsieur Poitou? Ich freue mich, ich freue mich sehr für Sie. Es kommt nicht jeden Tag vor, daß jemand Gelegenheit hat, einen Legionär zu umarmen, einen wahren Legionär, einen, der es verdient.«

Und nach diesen Worten beugte sich Monsieur Dumesnil zweimal über André Poitous Schulter und tat so, als küßte er ihn.

In diesem Moment trat Monsieur Baladis, der den Arzt und Jacques Soulat stehengelassen hatte, auf den Präsidenten zu:

»Guten Abend, Herr Präsident.«

»Guten Abend, mein Herr«, sagte Dumesnil, der plötzlich das unerklärliche Bedürfnis hatte, den Griechen scheinbar nicht wiederzuerkennen.

»Ich bin Aristide Baladis aus der Rue Boissy-d'Anglas.«

»Ach ja ... ach, ja ... ich glaube, ich erinnere mich. Sie sind Baladis ... ja ... ja ... ich verstehe ... Jetzt erinnere ich mich an Sie. Ach ... ja ... ja ... ja Monsieur Baladis. Sie haben einen Namen, den man leicht behalten kann ... Baladis ... Ballade ... Rondo ... Das ist Griechisch, nehme ich an ... Nicht ... das ist Griechisch? Das ist doch reines Griechisch!«

»Ich bin Franzose, Herr Präsident, aber griechischer Abstammung.«

»Griechischer Abstammung ... Baladis ... Das ist Griechisch ... kein Zweifel. Sie sind Grieche ... So, so ... Sie sind Grieche. Tja, also ich bin Franzose ... nicht ganz dasselbe.«

»Wir sind Franzosen, Herr Präsident.«

»Ist das wahr, was Sie sagen? Ist es wirklich wahr?«

»Ich nehme an, Herr Präsident.«

Da fing Monsieur Dumesnil an zu lachen.

»Nun, ich ... Monsieur Baladis ... ich habe keine Ahnung. Vielleicht bin ich ein Deutscher. Weiß man denn überhaupt, wo man herkommt?«

»Wie meinen Sie, Herr Präsident?«

In diesem Moment beugte sich Monsieur Lorieux an Jacques Soulats Ohr:

»Er hält sich für wer weiß was, dieser Präsident!«

»Nun ja, ich sage, was mir durch den Kopf geht. Im Grunde wäre es nicht verwunderlich, wenn ich Deutscher wäre. Kommt es nicht vor, daß anständige Leute sich für Schurken halten?«

»Dann hätten sie nicht diesen Esprit, Herr Präsident! Da bin ich sicher ... Sie sind Franzose bis in die Fingerspitzen.«

»Jawohl, Monsieur Baladis, wenn Sie von Esprit sprechen, bin ich ein anderer Mensch. Ja, wenn man von Esprit spricht, bin ich Franzose und stolz darauf.«

»Aber Herr Präsident«, unterbrach ihn mit schriller Stimme Madame Wegener, die hinzugetreten war, »wir sind alle stolz darauf. Ich bin Madame Wegener, die Witwe eines französischen Generals, des General Wegener.«

»Der General Wegener? Der Friedensstifter?«

»Ja, Herr Präsident.«

»Ich beglückwünsche Sie, gnädige Frau.«

»Und glauben Sie mir, Herr Präsident, auch wenn man die Witwe des General Wegener ist, man macht harte Zeiten durch, man erlebt schwere Stunden.«

»Die haben wir alle erlebt.«

»Mehr oder weniger.«

»Eher mehr als weniger, versichere ich Ihnen, Madame Wegener.«

»Ich möchte es gern glauben, Herr Präsident, aber ich zweifle daran.«

Der Vorstadtakzent, den Monsieur Dumesnil beim Sprechen hatte, stach von seiner zur Schau gestellten

Feierlichkeit und seiner Kleidung im Stil eines alten Adeligen ab. Er hatte eine Baßstimme und rollte das R. Wenn er sagte: »Gnädige Frau, ich liege Ihnen zu Füßen«, bewirkte das Bild, das ihm in den Sinn kam, daß er seine Stimme noch mehr senkte und daß sie sich anhörte wie die eines fluchenden Alkoholikers. Er war dermaßen von sich selbst eingenommen, daß es krankhaft wurde. Wenn er merkte, daß er eine Antwort schuldig bleiben würde, wechselte er das Gesprächsthema, ohne sich um die Unhöflichkeit dem andern gegenüber zu kümmern. So hatte er sich, als Madame Wegener an ihre harten Zeiten erinnerte, abrupt Poitou zugewandt und hatte mit ihm über etwas anderes gesprochen.

Was seinen Sohn Jean betraf, so war er ein elegant gekleideter fünfundzwanzigjähriger junger Mann, der gekommen war, »um etwas zu lachen zu haben«. Vater und Sohn steckten übrigens unter einer Decke, denn obwohl sich der Präsident bedeutend gab, war er so etwas wie ein Schalk. Er wußte um den Eindruck von Strenge, der von ihm ausging, und er benutzte ihn zur Verstärkung für alle Worte, die er aussprach; dies aber nur, wenn sein Sohn bei ihm war. Wenn er allein war, nahm er sich ernst, obwohl er in genau demselben Ton sprach.

»Wo hast du meinen Stock hingestellt, Jean?«

»In die Garderobe.«

»Hast du wenigstens eine Marke?«

»Natürlich.«

»Verlier sie ja nicht. Diesen Stock hat mir der

Kaiser von Annam geschenkt«, fügte er hinzu, als wüßte sein Sohn das nicht.

Dann, an André Poitou gewandt:

»Das ist mein Sohn. Ein hübscher Kerl, nicht? Genau das fehlt Ihnen, um Ihr Glück vollkommen zu machen. Ein Vaterherz, das ist schon etwas. Sehen Sie, Poitou, die Kinder sind das ganze Leben.«

Auf einem grauen Samtsofa saß ein Mann mit energischem Gesicht zwischen zwei Frauen, zu denen er sprach, ohne den Kopf zu drehen, die Augen starr geradeaus gerichtet. Es war Robert Mourlon, der Direktor der Gerberei, die der Hauptlederlieferant der Firma Poitou war. Er empfand für die Gesellschaft um ihn herum tiefe Verachtung. Als Mann der Tat verstand er nicht, wie man sich endlos mit nichtigen Gesprächen aufhalten konnte. Poitou gegenüber wahrte er eine wohlwollende Haltung, die nicht frei von Mitleid war.

»Der arme Mann nimmt das alles ernst«, dachte er, während er sah, wie der Geschäftsmann von einer Gruppe zur andern hin- und herging, sich verbeugte, bescheiden die Komplimente abwehrte, die man ihm machte. »Ich an seiner Stelle hätte all dem schon längst einen Riegel vorgeschoben. Er läßt sich beherrschen. Und diese Leute schaffen es. Das ist das Erstaunliche.«

6. Kapitel

Monsieur André Poitou setzte sich unauffällig von der Gruppe ab, in der der Verbandspräsident schwadronierte, und ging zu Fernand Lorieux und Jaques Soulat hinüber, die vorgaben, sich auf Distanz zu halten, als das Ehepaar Billan den Bankettsaal betrat. Zwei Schritte hinter ihnen folgte die Garderobenfrau, der sie noch nichts hatten anvertrauen wollen.

»Guten Tag, Billan«, sagte der Geschäftsmann und wandte sich ihnen zu. »Madame Billan, erlauben Sie, daß ich Ihnen mein Kompliment darbringe. Aber legen Sie doch Ihre Mäntel ab!«

Das Ehepaar Billan lebte bescheiden in der kleinen Wohnung eines Hauses in der Rue de Dunkerque, das ärmlich aussah und wo die Mieter im Treppenhaus ihre Kleider ausbürsteten. Seit zehn Jahren versuchten sie, sich mit dem Geschäftsmann anzufreunden. Aber erst seit einigen Monaten war er auf ihre Avancen eingegangen. Monsieur Joseph Billan war Betriebsleiter der Firma Poitou. Er leitete die Werkstätten, die im Gare de l'Est-Viertel lagen, das heißt nur fünf Minuten von seiner Wohnung, was seine Frau, jedesmal wenn er klagte, veranlaßte zu sagen:

»Gedulde dich noch ein bißchen. Du findest nicht

von heute auf morgen eine Arbeit, die so praktisch für dich ist.«

Nie gab es zwischen den Eheleuten Billan Streit. Seit sie sich kannten, hatten sie nicht aufgehört, äußerst zuvorkommend miteinander umzugehen.

»Eine Ehe wie unsere ist kostbar«, sagte Madame Billan manchmal.

Nur etwas tadelte sie an ihrem Mann:

»Vor Monsieur Poitou Angst zu haben.«

»Man könnte meinen, du wärst sein Schuldner. Du müßtest ihn spüren lassen, daß er dich zwar beschäftigt, du ihm aber andererseits große Dienste erweist. Er würde nicht von heute auf morgen jemanden finden, der dich ersetzt! Da kann er lange suchen. Wenn er an einen wenig gewissenhaften oder trunksüchtigen Betriebsleiter gerät, wird er es noch schwer bereuen.«

Durch ein monotones Leben engstirnig geworden, hatte sie die Manie zu glauben, daß nichts sich von heute auf morgen findet und daß man jedesmal, wenn man sich verändert, schlechter dran ist. Sie und ihr Mann gingen selten aus.

Wenn es einmal vorkam, gab es auf dem Hin- und Rückweg endlose Gespräche. Sie teilten einander alle ihre Eindrücke mit. Gewöhnlich im Ton von Leuten, deren wahrer Wert verkannt wird. Von André Poitou fühlten sie sich zurückgesetzt. Joseph Billan hatte nicht akzeptieren können, daß jener sich in das Gesellschaftsleben stürzte.

»Der Erfolg hat ihm den Kopf verdreht«, dachte er. Deshalb hatte er seinem Direktor gegenüber eine

Haltung kühler Höflichkeit eingenommen, während er vergeblich darauf wartete, daß Monsieur André Poitou ihn eines Tages beiseite nahm und ihm sagte, daß das Leben, das er führte, nur eine Fassade bilde, er im Grunde aber derselbe geblieben sei.

An den vier Tagen vor diesem Bankett hatte Joseph Billan jeden Abend beim Heimkommen wiederholt:

»Ich gehe nicht zu diesem Diner. Er wird es nicht einmal merken.«

Und seine Frau bestärkte ihn:

»Du hast recht, Joseph. Es soll nicht so aussehen, als liefest du ihm nach. Wenn er etwas merkt, wird er verstehen und danach viel netter zu dir sein.«

Doch als der Tag des Banketts da war, hatten sie nicht anders gekonnt. Sogar ohne einander an die Worte des vorangegangenen Tages zu erinnern, hatten sie sich zurechtgemacht, als hätten sie keinen Augenblick daran gedacht, sich der Einladung des Geschäftsmanns zu entziehen.

»Kommen Sie doch herein, liebe Freunde, nur keine Hemmungen«, sagte André Poitou geradeheraus, damit sie sich wohl fühlten.

»Wir haben keine Hemmungen«, entgegnete Madame Billan. »Das wäre ja noch schöner, wo wir uns so lange kennen.«

»Ganz recht, gnädige Frau. Und übrigens, beim nächsten Mal wird mein Freund Billan an der Reihe sein.«

»Joseph wird nie um etwas nachsuchen ... Das sage ich Ihnen.«

»Vielleicht werden andere für ihn um etwas nachsuchen ... wer weiß?«

»Ich glaube nicht, Herr Direktor. Wissen Sie, jetzt ist es schon zu spät. Wenn jemand es hätte tun wollen, wäre es schon geschehen. Und da er nie in seinem Leben um etwas bitten wird, stehen die Chancen gut, daß er so bleibt, wie er ist.«

Sich ihrem Mann zuwendend, fuhr Madame Billan fort:

»Nicht wahr, Joseph, das ist dir alles ganz egal? Soviel verlangst du gar nicht.«

Lorieux und Soulat, die bemerkt hatten, daß Monsieur André Poitou auf sie zuging, bevor das Ehepaar Billan ihn aufhielt, näherten sich der Gruppe, damit der Geschäftsmann sie herbeirief.

»Lorieux, Soulat, kommt doch her«, rief Monsieur Poitou gerade.

Er stellte seine Freunde den Billans vor, dann sagte er:

»Ja, das mag vielleicht übertrieben klingen, aber alles, was mir im Leben etwas bedeutet, ist hier.«

Er nahm Lorieux und Soulat beim Arm.

»Ich glaube, es gibt nicht so viel Ungerechtigkeit im Leben, wie behauptet wird. Die Hauptsache ist, man kann warten.«

»O ja ... o ja!« tönte es hinten aus dem Saal.

Es war wieder ein Anruf von Madame Wegener, den sie als Zustimmung zu einem Ausspruch des Verbandspräsidenten von sich gegeben hatte.

»Wer durchgehalten hat, wird unfehlbar belohnt.

Das ist zweifellos ein Naturgesetz. Es ist natürlich, daß auf die Anstrengung, auf die Mühe das Glück folgt.«

»Sehr richtig!«

Monsieur Poitou drehte sich um, weil er sehen wollte, wer diese Worte gesagt hatte, die, das spürte er vage, ihm galten. Im gleichen Moment wandte sich Monsieur Dumesnils Sohn ab und richtete die Augen starr auf einen Punkt im Saal. Der Geschäftsmann sah Lorieux an:

»Glaubst du, er hat mich gemeint? Hört sich so an.«

»Nein, nein«, erwiderte Jacques Soulat. »Er hat mit dem großen Fräulein gesprochen.«

»Mit der Großen? Welches große Fräulein?«

»Das größte von allen.«

»Ach ja, du hast recht. Das kommt mir wahrscheinlicher vor. Wir sind doch nicht hier, um uns übereinander lustig zu machen.«

Madame Billan, die bis dahin geschwiegen hatte, bemerkte:

»Was Sie da sagen, ist sehr richtig, Monsieur Poitou. Aber es sollte immer so sein. Alle sollten sich verstehen und zusammenwirken. Morgen werden Sie zum Beispiel sehen, daß das Leben weitergeht wie bisher. Was Sie sagen, trifft vielleicht auf Sie zu. Das ist aber alles.«

»Je nachdem«, sagte Joseph Billan, der bis dahin kein Wort gesagt hatte und sowohl seiner Frau keineswegs widersprechen wie seinem Direktor gefallen wollte.

»Alles ist je nachdem. Findest du denn, daß du an dem richtigen Platz bist, daß du die Stellung hast, die du verdienst?«

»Ich behaupte nicht das Gegenteil, aber man weiß ja nie. Man muß abwarten. Mit der Zeit bekomme ich sie vielleicht.«

»Du änderst hier also deine Meinung?«

»Ich ändere sie nicht ... Ich ändere sie überhaupt nicht.«

»Erinnerst du dich, was du vor knapp einer Stunde gesagt hast?«

»Ich ändere meine Meinung nicht, sage ich dir.«

»Das ist aber das Gegenteil, das ist genau das Gegenteil. Typisch für dich. Einen Tag schwarz ... einen Tag weiß ... So bist du.«

Madame Billan streckte die Hand vor, erst die Innenfläche, dann den Rücken.

»Einen Tag gelb«, tönte wieder die Stimme, die Monsieur Poitou eben veranlaßt hatte, sich umzudrehen.

Diesmal schien die Gruppe die Frechheit gar nicht gehört zu haben. Doch keiner wagte weiterzureden. Ein peinliches Schweigen trat ein, währenddem Monsieur Poitou hartnäckig zum Eingang sah, in der Hoffnung, einen neuen Gast auftauchen zu sehen, der ihm aus der Verlegenheit half.

Da erschien eine Frau, groß und blond, in der Tür. Es war Yvonne Stella, die berühmte Sängerin. Monsieur Poitou hatte sie im Anschluß an einen Skandal kennengelernt. Sie war in das Hauptgeschäft gekommen, und eine junge Verkäuferin, die nicht Bescheid wußte, hatte sie wie eine einfache Kundin behandelt. Yvonne Stella war ärgerlich geworden und hatte gedroht, nicht wiederzukommen, so daß Monsieur Poitou eingreifen mußte. Danach hatte er erreicht, daß sie auf allen Programmen unter ihren Namen den der Firma setzen ließ, die ihre Schuhe machte, nämlich die Firma Poitou.

Der Geschäftsmann hatte sie angefleht, zu kommen. Zuerst hatte sie abgelehnt, doch auf sein inständiges Bitten hin hatte sie schließlich zugesagt.

Kaum hatte Monsieur Poitou sie erblickt, ging er auf sie zu. Bei ihrem Erscheinen waren die Gespräche verstummt. Einen Augenblick danach schwollen sie wieder lauter an als zuvor.

»Gnädige Frau, wie nett von Ihnen, daß Sie gekommen sind. Ich wagte es nicht zu hoffen.«

»Und mein Ehrenwort, das Wort, das ich Ihnen neulich abend gegeben hatte?«

»Aber Sie hatten mir Ihr Wort darauf gegeben. Deshalb war ich sicher, die Freude zu haben, Sie unter uns zu sehen.«

»Ich habe nur ein Ehrenwort, Monsieur Poitou.«

Sie hatte noch zahlreiche andere, aber sie hielt so selten ihre Versprechen, daß, wenn es einmal vorkam, sie nie versäumte, lang und breit darüber zu reden.

»Erlauben Sie, daß ich Ihnen meine Freunde vorstelle?«

»Ihre Freunde sind meine Freunde, und meine Freunde sind Ihre.«

Sie war so fasziniert von dem Ausspruch einer Schauspielerin, daß sie, ohne es zu merken, ihn alle Augenblicke ungeschickt nachahmte.

Nachdem das Vorstellen beendet war, blickte sie über die Gruppe um sie herum auf die Anwesenden. Auch das war eine ihrer Gewohnheiten, sich gleichsam zerstreut umzuschauen, um zu sehen, ob man sie beobachtete. Wenn sie ein Café betrat, ließ sie ihre Augen wie einem Zwang gehorchend, ruhig durch den Raum schweifen und gewährte jedem Mann für einige Sekunden ihren Blick. Auf diese Weise nahm sie eine Musterung aller Arten von Männern vor. So wie es Leute gibt, die einen unscheinbar wirkenden Menschen von allem loslösen, was ihn äußerlich ausmacht, von allem, was ihn mit der Menge vereint, und so seine inneren Werte entdecken, so erkannte Yvonne Stella, wenn sie einen Mann nur kurz ansah, in seinen Augen sofort die Eigenheit seiner Liebe, die Kraft seiner Leidenschaft. Während ihre Blicke sich begegneten, war es, als würden sich die beiden seit Jahren kennen. Sie verstand es nämlich, ihren Blick in den eines Mannes zu versenken. Er war für sie abwechselnd der ältere Mann, den die Liebesabenteuer schwierig gemacht haben, der Mann im Vollbesitz seiner Kräfte, dessen Geliebte durchaus nicht die seiner Träume sind, der weniger gepflegte, aber feurigere verheiratete Mann, der betörte Mann, der nur unbedeutende Frauen gehabt hat, der Mann, dem die Zweisamkeit vertraut ist und für den sie sich geschaffen fühlte.

Und wenn in dem Augenblick, wo sie vor all diesen Blicken posierte, etwas den Anschein zerstört oder sie lächerlich gemacht hätte, wäre sie über und über errötet, denn das fürchtete sie am meisten, in diesen Momenten lächerlich gemacht, zum Beispiel von irgendeinem Flegel angerempelt oder beschimpft zu werden.

Während Lorieux und Soulat, die sie gleich ausgemustert hatte, miteinander wetteiferten, vor Yvonnes Augen zu brillieren, fiel ihr Blick auf Baladis; er hatte sich abseits gestellt, um zu zeigen, daß er an diesem Ort nicht an der richtigen Stelle war. Ein paar Sekunden lang ließen sich die beiden nicht aus den Augen, und die berühmte Kommunikation, die die Sängerin bei dieser Abendgesellschaft nicht zu finden geglaubt hatte, stellte sich her. Sie wandte jedoch als erste den Kopf ab. Die Entdeckung des Schuhhändlers hatte sie verwandelt. Sie, die ohne eine Absicht gekommen war, gelangweilt bei dem Gedanken, den Abend in einer Gesellschaft zu verbringen, die sie nicht kannte, fühlte sich jetzt gutgelaunt, und die Stunden, die sie in diesem Saal verbringen sollte, schienen ihr nicht mehr so lang sein zu müssen.

»Monsieur Poitou, wenn man Sie nicht ausgezeichnet hätte, hätte man es tun müssen.«

Wie der Ausspruch der Schauspielerin war dies eine weitere Redewendung, die sie mochte. »Wenn man etwas nicht getan hätte, hätte man es tun müssen« kehrte in ihren Gesprächen bei jeder Gelegenheit wieder. Zu einem Mann, den sie liebte, hatte sie gesagt: »Wenn ich dir dort nicht begegnet wäre, hätte ich dich trotzdem kennengelernt.« Um sich über einen Herrn mit einem etwas merkwürdigen Gesicht lustig zu machen, hatte sie gesagt: »Wenn es ihn nicht gäbe, hätte man ihn erfinden müssen.«

Sie fühlte den Blick des Griechen auf sich ruhen. Sie wandte ihm den Kopf zu. Wieder begegneten sich ihre Augen. In der Zwischenzeit hatte sich Aristide Baladis der Gruppe genähert, in der sie stand. Aber Maurice Poitou, der Bruder des Geschäftsmanns, hängte sich im Vorbeigehen an ihn und fragte:

»Sind Sie allein?«

»Nein, ich bin nicht allein«, erwiderte der Grieche, der fürchtete, die Sängerin könnte ihn mit diesem schlampigen Mann zusammen sehen.

»Man könnte doch zu Tisch gehen. Wenn wir warten, bis mein Bruder es sagt, können wir lange warten. Es sind fast alle da. Ich habe die Gedecke gezählt. Es sind hundertzweiundzwanzig. Und wir sind hundert.«

»Ich weiß nicht ... Ich weiß nicht ...«

Mit diesen Worten ließ der Grieche Maurice Poitou stehen und mischte sich gleichsam zerstreut unter die Gruppe um Yvonne Stella. Im selben Moment schloß sich auch der Sohn des Verbandspräsidenten der Gruppe an. Seit ihrer Ankunft hatte er die Sängerin unentwegt angesehen. Als er sah, daß der Grieche sich ihr näherte, war er, die Hände in der Tasche und mit spöttischer Miene, ebenfalls auf sie zugegangen, obwohl er innerlich davor zitterte, man könne ihm zuvorkommen.

7. Kapitel

Madame Wegener indes unterhielt sich weiter mit Monsieur Dumesnil und bemühte sich, seinen Ton zu treffen. Kampfesmüde hatte sich Maurice Poitou zu ihnen gesellt, während Louis Jarrige und Blanche mit Monsieur Chamuset, dem Buchhalter und Vertreter der Fabrik beim Bankett, und Madame Belamont, der Vertreterin der Verkäuferinnen der diversen Filialen, plauderten. Andere Gruppen, ein wenig überwältigt von der Größe des Empfangs, unterhielten sich leise. Sie setzten sich aus den unterschiedlichsten Leuten zusammen. Es waren Gäste darunter, die Monsieur Poitou kaum kannte. Seine Bekanntschaften waren begrenzt. Deshalb hatte er, um die Zahl zu vergrößern, Leute eingeladen, mit denen er nur äußerst lose Beziehungen pflegte, die ihm dafür aber sympathisch waren.

»Auf diese Weise kann man sich etwas näher kennenlernen«, hatte er gedacht.

Dazu zählte die Familie Lorentz, die aus dem Vater, der Mutter und einem zweiundzwanzigjährigen Mädchen bestand. Hin- und hergerissen zwischen dem Wunsch, daß sie kämen und daß sie nicht kämen, warf André Poitou alle naselang einen Blick zum Eingang.

Monsieur Lorentz hatte vor fast zwei Jahren auf recht unverhoffte Weise die Bekanntschaft des Geschäftsmanns gemacht. Auf dem Rückweg von einer Besorgung hatte André Poitou, als er an einem Menschenauflauf vorbeikam, die folgenden laut gesprochenen Worte gehört: »Ich bin Monsieur Lorentz, und Sie werden sehen, daß das nicht so vonstatten gehen wird, wie Sie meinen. Ich habe Zeugen.«

Der Geschäftsmann blieb stehen und sah zwei Männer, von einer Gruppe umringt und von einem Schutzmann auseinandergehalten; einer von ihnen mußte dieser Monsieur Lorentz sein, denn er kramte in seiner Brieftasche und zog seine Papiere hervor, die seine eben geäußerten Worte bestätigen sollten. Ein Schaulustiger teilte André Poitou mit, daß es sich lediglich um einen Zwischenfall handelte, wie er sich in belebten Straßen häufig ereignet. Ein Unbekannter hatte Monsieur Lorentz angerempelt und, statt sich zu entschuldigen, wütend zu ihm gesagt:

»Können Sie denn nicht aufpassen?«

Monsieur Lorentz, der sehr leicht erregbar war und in allem einen Angriff auf seine Würde sah, hatte geantwortet:

»Sie sind ein ungehobelter Mensch. Sie haben sich zu entschuldigen.«

»Nein, Sie, Monsieur!«

»Also verzeihen Sie bitte. Wenn man jemand angerempelt hat, ist man so höflich und entschuldigt sich. Ich bitte Sie, die Worte zurückzunehmen, die Sie gesagt haben.«

In solche Szenen geriet Monsieur Lorentz mehrmals im Jahr. Er vertrug es nicht, daß man ihn auch nur streifte, und seine Tätigkeit (er war Direktor einer Dekorationsfirma) führte ihn ständig in die Stadtmitte. Er mochte sich noch so gut zureden, sobald er angerempelt wurde, bildete er sich ein, es wäre Absicht gewesen. So kam es immer, wenn er auf einen Passanten stieß, der den gleichen Tick hatte, zu Zank und Streit. Obwohl der Geschäftsmann die Szene gar nicht mit angesehen hatte, setzte er sich, von einer plötzlichen Sympathie für Lorentz getrieben, für den Dekorateur ein und bot sich als Zeuge an; allerdings umsonst, denn der angebliche Rüpel hatte, wahrscheinlich der unangenehmen Sache überdrüssig, das Drunter und Drüber ausgenutzt, sich zu verdrücken, ohne auch nur seinen Namen angegeben zu haben.

Allein geblieben, gingen die Männer ein Stück Weges miteinander. Von allgemeinen Gedanken über die Grobheit der Zeiten, in denen man lebte, kamen sie nach und nach auf sich selbst zu sprechen.

»Ich bin Spezialist für die Ausstattung von Wohnungen. Man übergibt mir zum Beispiel einen leeren Raum. Ich behalte ihn vierzehn Tage. Nach Ablauf dieser Zeit ist alles da: die Tapeten, die Gardinen, die Vorhänge, die Lüster. Man braucht ihn nur noch zu bewohnen.«

»Ich bin Monsieur Poitou, der Direktor der Firma Poitou.«

»Ach, Sie sind Monsieur Poitou?«

»Ja. Mir übergibt man Füße. Fünf Minuten später sind sie beschuht.«

Darauf setzten sich die beiden Männer an einen Tisch auf der Terrasse eines Boulevardcafés.

»Sie müssen einmal zu mir zum Abendessen kommen«, sagte Monsieur Lorentz, der wegen Poitous Namen, welcher ihm durch die Filialen geläufig war, dessen Position für viel bedeutender hielt, als sie in Wirklichkeit war.

Einige Tage später begab sich der Geschäftsmann zu Monsieur Lorentz. Der wohnte in einer Stadtvilla ganz in der Nähe des Trocadéro, was tiefen Eindruck auf André Poitou machte. »Dabei kann er doch nicht so großartige Geschäfte machen, dieser Dekorateur«, dachte er.

Während Monsieur Lorentz sich seinen Gast als einen der reichsten Männer von Paris vorstellte, hatte jener die Lage des Dekorateurs hingegen unterschätzt.

»Damit will er nur Staat machen«, sagte er sich beim Eintreten, während ein Kammerdiener seinen Hut entgegennahm.

Daraufhin lernte er Madame Lorentz kennen, der ihr Mann offensichtlich bereits mitgeteilt hatte, wer ihr Gast war.

»Setzen Sie sich doch, Monsieur Poitou«, sagte sie, noch ehe Monsieur Lorentz ihr den Geschäftsmann vorgestellt hatte.

Sie war eine fünfundvierzigjährige Frau, von der man ahnte, daß sie sehr kokett und eingebildet war.

In ihrer Jugend hatte sie oft zu ihrem Mann gesagt: »Du wirst sehen, erst durch mich wirst du Erfolg haben. Wenn ein Mann eine hübsche Frau hat, bringt er es sehr weit. Nur eine Frau macht die kleinen Unterschiede spürbar. Und die sind sehr wichtig, die kleinen Unterschiede.«

Trotzdem hatte sich die Dekorationsfirma nicht in der üblichen Weise vergrößert. Überdies machte sie seit dem Krieg wegen der Wohnungsknappheit eine schlimme Krise durch. Dennoch glaubte sie, aufgrund eines Überrestes ihrer einstigen Ideen, ihrem Mann an diesem Tag zu nützen, indem sie sich dem Geschäftsmann gegenüber sehr liebenswürdig zeigte. Vor seinem Eintreffen hatte sie zu Monsieur Lorentz gesagt:

»Poitou ist die größte Firma in Paris, weißt du. Jeder kennt Poitou. Erinnerst du dich an unser Dienstmädchen Elsa. Sie kannte Poitou. Kommt sie doch eines Tages an und sagt: »Madame hat Glück, Schuhe von Poitou zu haben.« Man kann wohl sagen, daß du auch Glück gehabt hast, ihm zu begegnen. Das sind alte Familien, weißt du. Diese Leute befreunden sich nicht mit jedem. Man kann vierzig Jahre lang versuchen, Beziehungen zu solchen Leuten aufzunehmen, und es gelingt einem nicht. Dann, plötzlich, durch einen Zufall, klappt es.«

Madame Wegener stieß diesmal einen so schrillen Ausruf aus, daß alle verstummten. In der Stille hörte man sie schreien:

»Das, Herr Präsident, niemals! Ich gebe Ihnen

mein Wort darauf. Wäre der General noch am Leben, würde er mir beistehen. Sie wissen ja, er war gerecht. Hätte sein Sohn getötet, hätte er ihn verurteilt wie einen Fremden.«

Monsieur Dumesnil betrachtete mit Genugtuung die Zuhörerschaft, blinzelte Louis Jarrige zu, den er nach wie vor nicht kannte, und sagte dann:

»Sie sind eine Schelmin, Madame Wegener.«

»Ich verbiete Ihnen, mich so zu nennen, Herr Präsident. Was wollen Sie mir damit eigentlich andeuten?«

Der Präsident machte eine Handbewegung, die sagen wollte: »Beruhigen Sie sich ... Beruhigen Sie sich.«

»Sie sind ein Schelm. Hören Sie, Herr Präsident. Sie, Sie sind ein Schelm. Das kann man gar nicht laut genug herausschreien.«

In diesem Augenblick trat ein noch junger, eigenwillig aussehender Mann in Begleitung einer vulgär wirkenden Frau ein.

Die Gruppen unterhielten sich über diverse Themen. Die Gäste hatten das Bedürfnis, über Dinge zu sprechen, die nicht das geringste mit dem Bankett zu tun hatten. Dabei empfanden sie große Befriedigung. Es war gleichsam der Beweis für ihre Gleichgültigkeit gegenüber derartigen Lustbarkeiten, der Beweis, daß sie daran gewöhnt waren. Mit diesem Verhalten übten sie so etwas wie Rache an André Poitou. Sie waren zwar gekommen, doch das hinderte sie nicht daran, sie selbst zu bleiben. Die Brillanz, das Ansehen mancher Gäste blendeten sie keineswegs. Obwohl sie sich in einem so luxuriös ausgestatteten Raum befanden, bewahrten sie gleichwohl ihre geistige Freiheit. So war es auch selten, daß die Gespräche aufhörten, wenn der Geschäftsmann sich einer Gruppe näherte. Im Gegenteil, ihr Ton wurde lauter, und stille Zuhörer fühlten sich plötzlich verpflichtet, ihre Meinung kundzutun.

Der Neuankömmling und seine Mätresse hatten eine nur sehr flüchtige Beziehung zu Monsieur Poitou. Als Repräsentant einer amerikanischen Schuhmarke in Frankreich hatte er, da er überall hingeschickt wurde und vor allem aufgrund der vertraulichen Briefe, in denen die New Yorker Direktoren ihm einschärften, in der Pariser Gesellschaft zu verkehren, den Eindruck gehabt, er sei verpflichtet, an diesem Bankett teilzunehmen. Nach langem Zögern, weil die Meinungen, die er eingeholt hatte, so verschieden waren, hatte er beschlossen, mit seiner Mätresse hinzugehen, einer kleinen Tänzerin, die er als seine Frau ausgab, was er für ritterlich hielt.

In der Welt der Schuhe galt Mister John Hardley als Neuerer und Mann der Tat. Das ahnte er, hielt es aber für angebracht, mit Rücksicht auf Frankreich eine gewisse Offenheit, Ungezwungenheit, eine übertriebene Neigung zum Trinken und zu den Frauen hinzuzufügen, um sich sympathischer zu machen und von sich das Bild eines guten Kerls zu vermitteln, der keineswegs den Interessen der französischen Kaufleute im Wege sein will, sondern nur darauf aus ist, Geld zu machen und sich zu amüsieren. Da er sich einbildete, das sei ihm perfekt gelungen, überkam ihn, wenn er allein war, ein Gefühl von Überlegenheit gegenüber seinen Kollegen. Die ahnten also nicht, daß all dies nur eine Attitüde war, die seine Betriebsamkeit kaschieren sollte!

»Oh, André«, sagte er gleich zu dem Geschäftsmann, »kommen Sie mit, damit ich Sie meiner Frau Madeleine, meiner kleinen Madeleine vorstelle.«

Sie empfand große Bewunderung für ihren Beschützer. Die Eifersucht von seiten ihrer Freundinnen trug noch dazu bei, den Repräsentanten in ihrer Einschätzung zu heben. Sie stellte sich vor, daß er die gleiche Macht, die er über sie ausübte, auch über andere hatte. Er fühlte es. Deshalb fürchtete er auch immer, wie ein Vater, der vor seinem Sohn nicht in eine lächerliche Situation kommen möchte, in Gegenwart von Madeleine links liegengelassen zu werden. Wenn es vorkam, erging er sich, kaum war er mit Madeleine wieder allein, in Beschimpfungen der französischen Kreise und pries die Achtung, die ihm die Gesellschaft in Amerika bei einer vergleichbaren Gelegenheit bezeugt hätte. Madeleine glaubte ihm. Einer ihrer Wünsche war, einmal mit dem Repräsentanten in die Vereinigten Staaten zu gehen, um das Ansehen zu genießen, das er, wie er sagte, dort besaß. Um die Reise zu verdienen, übernahm sie fortwährend seine Verteidigung und beschimpfte Gesprächspartner, die unfreundliche Bemerkungen über Amerika machten. »Wären Sie doch wie sie!« schrie sie.

»Die sind besser erzogen als Sie!« Doch John Hardley war zwar stolz, eine Französin als Freundin zu haben, legte aber keinen Wert darauf, seine Freiheit aufzugeben. Er liebte die Frauen im allgemeinen sehr, und die Vorstellung, daß sie ihm alle ausgeliefert sein könnten, ließ ihn eifrig seine Unabhängigkeit wahren, so daß er Madeleine ohne Zögern geopfert hätte, wenn sie ihn in seiner Bewegungsfreiheit eingeengt hätte.

Während er mit André Poitou sprach, ließ der Repräsentant Yvonne Stella nicht aus den Augen. Nach einem Moment wies er Madeleine mit dem Finger einen Sitzplatz an, und da er Aristide Baladis kannte, der sich mit der Künstlerin unterhielt, ging er zu ihm hinüber, um vorgestellt zu werden. Als eine Frau, der der Mann eingeschärft hat, man müsse, um Erfolg zu haben, in Gesellschaft so tun, als hänge man nicht aneinander, bemühte sich Madeleine unterdessen, ihrem Freund nicht mit Blicken zu folgen.

8. Kapitel

Im Bankettsaal befanden sich schon etwa hundert Gäste. Ein wirres Gemurmel erfüllte den langgestreckten Raum. Noch hatte sich niemand gesetzt. In dem grellen Licht, das von den Kronleuchtern fiel, sah man lauter freudestrahlende Gesichter. Der Augenblick, der Festen oder Lustbarkeiten vorangeht, ist von einer seltsamen Atmosphäre geprägt. Eine Art Waffenstillstand scheint die Menschen zu einen. Der Rabauke, der diesen Frieden gebrochen hätte, wäre mit einer Verachtung aufgenommen worden, hinter der man die Vorstellung hätte entdecken können, daß sich immer, wenn Menschen zusammen sind, einer findet, der gegen die Höflichkeit verstößt; die Verachtung wäre in die gleiche Aggressivität umgeschlagen, die sich der Teilnehmer einer schmerzlichen Gedenkfeier bemächtigen würde, wenn sie hörten, wie einer von ihnen sich plötzlich in Beleidigungen erginge.

Jeden Augenblick trafen neue Gäste ein. Man sah sie händereibend, ohne Kopfbedeckung hereinkommen; ihres Überziehers entledigt, der sie umhüllt hatte, zeigten sie diesen merkwürdigen Ausdruck der von draußen Gekommenen, die doch nicht anders sind als jene, die nicht hinausgegangen sind. Sie sahen nach rechts und nach links und fühlten sich, da sie noch mit niemandem gesprochen hatten, gleichzeitig als Gäste und als Eindringlinge.

Um Viertel vor neun hielt Senator Marchesseau seinen Einzug. Einige Stadträte begleiteten ihn. Es ging nun darum, wer von ihnen den Parlamentarier auf sich aufmerksam machen, wer ihn dazu bringen würde, eine endlose Rede zu beginnen. Es war nämlich eine Verschrobenheit des Senators, alle Augenblicke lange Sätze anzufangen. Vor jedem Tun gibt es eine angenehme Vorbereitung, die so angenehm ist, daß manche sie in die Länge ziehen. Dann wird sie Anlaß zu allgemeinem Gelächter. Um sich über einen faulen Arbeiter lustig zu machen, krempelt man die Ärmel auf, reibt sich minutenlang die Hände, fängt an zu arbeiten und hört gleich wieder auf. Statt die Ärmel aufzukrempeln, streckte Senator Marchesseau einen Arm vor. Sein Gesicht wurde plötzlich ernst. Obwohl er nur einige Worte zu sagen hatte, ließ er ihnen gern eine ganze Inszenierung vorangehen.

Weiß vor Aufregung ging André Poitou ihm entgegen. Sich zerstreut gebend, versuchten einige Gäste, ihn am Vorbeikommen zu hindern. Es war, als wäre angesichts der Bedeutung der Persönlichkeit des Senators bei allen ein primitiver Instinkt erwacht. Schließlich gelang es dem Geschäftsmann, sich mit überraschender Brutalität bis zu dem Senator durchzuschlängeln, der ihn, auf einen Schwall Fragen antwortend, nicht gleich sah. Wie einer jener Hunde, die Flüsse durchschwimmen und Gräben überspringen, um zu ihrem Herrchen zurückzugelangen, und wenn sie es eingeholt haben, reglos vor ihm sitzen bleiben, ganz allein ihrer Freude überlassen, mit der sie nichts mehr anzufangen wissen, sprach André Poitou kein Wort und wartete.

Aus allen Ecken des Saals war die Aufmerksamkeit auf den Senator gerichtet. Das Seltsame war aber, daß niemand seiner Anwesenheit Bedeutung beizumessen schien, daß die Gäste, einzeln befragt, alle geantwortet hätten, sie hätten den Senator nicht bemerkt. Was von ihren tief verborgenen Gefühlen sichtbar war, hätte nicht ausgereicht, sie der Engstirnigkeit zu überführen. Dabei schwebten Neid und Neugier über den Anwesenden.

Senator Marchesseau war um die fünfzig. Reichlich von sich eingenommen und ganz und gar an das öffentliche Leben gewöhnt, sah er jedermann mit einem Ausdruck ungewöhnlicher Offenheit ins Gesicht, nach Art jener, deren Beruf es mit sich bringt, viele Leute zu treffen, das heißt starr, ohne Rücksicht auf den Rang ihres Gesprächspartners, an den sie sich im übrigen nicht mehr erinnern, mit der gleichen Beachtung für einen Fortunat wie für einen Verbandspräsidenten.

»Um Erfolg zu haben, braucht man Fingerspitzengefühl, etwas von einer Prostituierten«, sagte der Senator zu seinen engen Freunden. »Man muß jedem gefallen, und jeder muß glauben, nur mit ihm unterhalte man sich gern.«

Senator Marchesseau hatte eine regelrechte Theorie über die Art und Weise, wie man Erfolg hat, die er, wiederum im engsten Kreis, »die Kunst, andere einzuwickeln« nannte. Ein gewisser Hang zur Wichtigtuerei verführte ihn oft dazu, die Royalisten zu parodieren. Andererseits war er geschickt genug, sich zur Regel zu machen, nie den Eindruck zu erwecken, er hielte sich für etwas Besseres als derjenige, mit dem er sprach. Kaum hatte André Poitou ihn mit folgenden Worten begrüßt: »Herr Senator, wir alle heißen Sie herzlich willkommen«, da lächelte er und sagte – ohne den Geschäftsmann aus den Augen zu lassen, obwohl er wahnsinnige Lust hatte, sich umzuschauen, um zu sehen, was für Leute da waren – mit bescheidenem Nachdruck:

»Lieber Freund, glauben Sie mir, bei einem solchen Anlaß fühle ich mich geehrt, an Ihrer Seite zu sein ... ich allein, hören Sie?«

Erst nachdem er einige Zeit mit dem Geschäftsmann geplaudert hatte, ließ er einen Blick in die Runde schweifen. Plötzlich, als habe er sich gerade daran erinnert, daß er André Poitou gegenüberstand, richtete er seinen Blick wieder starr auf ihn. Ihn beim Arm nehmend und die anderen Personen um ihn herum ohne die geringste Hemmung einfach stehenlassend, zog er ihn zur Mitte des Saals, wobei er im Gehen keinen anderen Gast ansah, sich manchmal umdrehte, ohne zu reden aufzuhören und jedes seiner Worte mit einer Bewegung seiner frei gebliebenen Hand begleitete. Er wollte einfach und bescheiden sein.

Die Gespräche waren um so lauter wiederaufgenommen worden, als jede Gruppe vom Senator gehört werden wollte. Die Kellner legten letzte Hand an die Gedecke. Die mit Kristallschalen und Blumen überladene Tafel sah aus wie der Park einer Zauberwelt, in dem winzige Lebewesen wie in einem lianengeschmückten und mit Teichen übersäten Urwald lustwandelten.

Der Senator hatte gerade ein paar Worte in vertraulichem Ton gesagt, als Monsieur Dumesnil, der Verbandspräsident, der seinem Gesprächspartner seit einer Weile zerstreut zuhörte, um Monsieur Marchesseau beobachten zu können, sich diesem näherte.

»Herr Senator Marchesseau?« fragte er, ohne auch nur zu bemerken, daß er André Poitous Vorhandensein, der doch neben dem Politiker stand, nicht Rechnung trug.

»Derselbige.«

»Ich bin Monsieur Dumesnil, Präsident des französischen Schuhherstellerverbands.«

»Sehr erfreut, Monsieur. Wirklich, ich freue mich, sie kennenzulernen.«

»Ich habe mir erlaubt, mich Ihnen vorzustellen, Herr Senator, weil ich einer Ihrer unbekannten Bewunderer bin. Ich habe alle Ihre Aktivitäten aufmerksam verfolgt. Und ich dachte, es wäre angenehm für Sie, zu erfahren, daß es in der anonymen Masse einfach Privatleute gibt, die Ihnen dafür dankbar sind, daß Sie einen so mutigen Zolltarif durchgesetzt haben.«

An diesem Punkt hielt Monsieur Dumesnil es für geschickt anzudeuten, daß die Opposition, die dieser neue Tarif hervorrufen mußte, ihm keineswegs entging.

»Ich kann mir denken, daß dieser Entwurf viel Haß hervorruft. Aber das ist das Los aller Entwürfe, die wie der Ihre die Interessen des Landes über die einer Clique stellen.«

Auf den so aufrichtig scheinenden Beitrag antwortete der Senator mit ein paar freundlichen Worten, obwohl es ihm lieber gewesen wäre, wenn man seinen Entwurf zu den Zolltarifen nicht erwähnt hätte, denn er meinte, in einem unbedeutenden Milieu gelandet zu sein, und empfand es daher als unliebsam, hier auf das angesprochen zu werden, was seinen ganzen Stolz ausmachte. Abrupt wechselte er das Gesprächsthema.

»Das ist heute ein großer Tag für unseren Freund«, sagte er, auf den Geschäftsmann deutend.

Obschon Monsieur Dumesnil ziemlich eingebildet war, konnte er brillantere Positionen als seine eigene erkennen. Seine Überlegungen hatten ihn im Lauf des Abends dazu veranlaßt, sich, was die Bedeutung anging, an die dritte Stelle zu setzen. Über sich sah er den Senator, dann gleich Monsieur Mourlon, den Direktor einer großen Gerberei, den er jedoch noch nicht angesprochen hatte. Da er sich Monsieur Marchesseau unterlegen fühlte, war er ein anderer Mensch geworden. Devot und unterwürfig, wußte er nicht, was er sich einfallen lassen sollte, um zu gefallen. Und das war ihm unangenehm. Sein Stolz konnte sich mit einer solchen Situation nicht abfinden. Nicht, daß er auf die gesellschaftliche Situation des Senators neidisch gewesen wäre. Aber es tat ihm weh, daß die Aufmerksamkeit, die bis dahin ihm gegolten hatte, sich nun auf einen anderen richtete. Er war gern von vielen Zuhörern umringt. Daher litt er darunter, daß man ihn zwar nicht links liegenließ, aber die Anwesenheit einer bedeutenderen Person nicht übersah. Wenn das eintrat, war er nur noch auf eines bedacht: sich mit dem Konkurrenten zusammenzutun, nicht mehr von ihm zu weichen, eins mit ihm zu werden, damit die Zeichen der Ehrerbietung gleichzeitig ihm galten. Er nahm dann das Gehabe eines Polizeipräfekten an, der irgendeinen Minister bewacht. Wenn dieser nicht gehört hatte, antwortete er für ihn. Lästige hielt er mit der Geste jener Männer fern, die, mächtig geworden, zu verstehen geben, daß auch sie einmal einfache Leute gewesen sind.

»Der Herr Senator hat wirklich eine köstliche Idee gehabt, als er auf den Gedanken kam, dem Bankett vorzusitzen«, sagte er und sah André Poitou dabei mit einem Blick an, der andeuten sollte, daß eigentlich er diese Worte hätte sagen müssen, und auch um Monsieur Marchesseau zu verstehen zu geben, daß er mit solchen Festen vertrauter war als der Geschäftsmann.

»Aber ich habe für überhaupt nichts den Vorsitz übernommen«, sagte der Senator, der der Lust nicht widerstehen konnte, einen Gegensatz zwischen seiner Einfachheit und seiner Bedeutung herzustellen.

Für Monsieur Dumesnil war es immer ein Anlaß zum Staunen gewesen, daß Personen, die in seiner Vorstellung hochmütig und förmlich hätten sein müssen, derart harmlos waren. Er fühlte sich so dazu geschaffen, majestätisch einen Salon zu betreten und ihre Rolle zu spielen, daß er es nicht durchgehen ließ.

»Sie sind wirklich zu bescheiden«, sagte er. »Und wenn unser Freund André Poitou Sie versehentlich nicht gebeten hat, den Vorsitz bei diesem Bankett zu übernehmen, gestatten Sie mir in meiner Eigenschaft als Präsident des Verbandes der französischen Schuhhersteller, es zu tun. Nein, Sie dürfen unserem Freund diese Freude nicht abschlagen.«

Wie jene Leute, die sich schämen, mit jemand Schlechtangezogenem zu sprechen, sagte er »unser«, um nicht »mein« zu sagen. Der Geschäftsmann erschien ihm neben diesem Parlamentarier, der einen Sitz in einer Volksvertretung hatte, so unbedeutend, daß ein niederes Gefühl ihn dazu trieb, den Anschein zu erwecken, er hätte keine engeren Beziehungen zu André Poitou als der Senator selbst. Monsieur Marchesseau merkte das. Er sagte:

»Mein guter Freund André Poitou wird es mir nicht übelnehmen, wenn ich meine Worte widerrufe. Bei diesem Bankett wird meine bescheidene Person den Vorsitz übernehmen.«

In diesem Moment trat Maurice Poitou, der seit mehreren Minuten um die drei Männer streifte, zu ihnen. Im Gegensatz zu Monsieur Dumesnil, der, ehe er sich vorstellte, so getan hatte, als sei er nicht sicher, mit dem Senator Marchesseau zu sprechen, nannte Maurice Poitou sofort seinen Namen und Stand, ohne daß es Monsieur Marchesseau auch nur in den Sinn kam, das gleiche zu tun, so klar schien es ihm, daß man ihn kannte.

9. Kapitel

An den Enden des langen Saals war niemand mehr. Ohne es zu merken, bildeten die Gäste Gruppen, die sich unauffällig dem Senator näherten. Während dieser mit dem Präsidenten sprach, schaute Maurice seinen Bruder an, als wollte er ihn fragen, ob es ihn ärgere, daß er sich zu seiner Gruppe gesellt hatte.

Sobald sich Maurice Poitou in Gegenwart einer Persönlichkeit vom Rang des Senators befand, wurde er stumm. Doch der Gedanke, sich fortzustehlen, kam ihm nie. Es machte ihm gerade Freude, dort, an seiner Seite, gesehen zu werden. Er hatte die ernste Miene, die die Männer in der Theaterloge aufsetzen, wenn ihre Frau, vor ihnen, lächelt. Er antwortete mit Kopfnicken, wandte sich um, setzte zu vagen Gesten an, zündete eine Zigarette an und warf, wiederum wie jene Männer, das Streichholz behutsam hinter sich. Außer der Befriedigung, die es ihm verschaffte, so gesehen zu werden, gab es noch einen Grund, weshalb er die Nähe dieser Persönlichkeit suchte. Anschließend, wenn er mit einfacheren Leuten zusammen war, fühlte er, wie ihn ein wahnsinniger Mut überkam. Er glaubte dann, ihm sei alles erlaubt, er kopierte, ohne es zu merken, den, von dem er sich gerade getrennt hatte, und übernahm dessen Gesten. Das vermittelte ihm die Illusion, die fast so stark war wie die Realität, daß er eben der Mann geworden war, den er bewundert hatte.

»Ist das Ihr Bruder?« fragte der Senator André Poitou. Da dieser nur mit einem Nicken antwortete, sagte Monsieur Dumesnil:

»Ja, das ist der Bruder unseres Freundes. Folglich ist er auch unser Freund.«

Maurice Poitou sah den Präsidenten böse an. Von recht durchschnittlicher Intelligenz, vermutete er, daß andere dieselben Ziele verfolgten wie er. Daher verdächtigte er den Präsidenten, sich später in seiner Familie als Senator aufspielen zu wollen. Das verzieh er ihm nicht, ohne zu bedenken, daß es den Attitüden, die er an den Tag legen wollte, in keiner Weise schadete.

Louis Jarrige, Marcel Lorieux und Jacques Soulat, die schon drei- oder viermal an der Gruppe um den Senator, scheinbar ohne ihn zu bemerken, vorbeigegangen waren, blieben plötzlich stehen.

»Ich hoffe, wir gehen bald zu Tisch«, sagte der Arzt, wobei er den Geschäftsmann anschaute und den Senator geflissentlich übersah.

»Es ist fast neun Uhr«, sagte Jacques Soulat zu Monsieur Marchesseau und schlug dabei absichtlich einen Ton als Gleicher unter Gleichen an.

»Schon! Das ist doch nicht möglich. Sind Sie sicher?«

Diese schlichten Worte ermutigten die drei Kumpane. Auf der Stelle ließen sie die anderen Mitglieder der Gruppe links liegen und wandten sich dem Senator zu, der seinerseits den drei Männern gegenüber die Haltung von jemandem eingenommen hatte, an dem ein langes Defilee vorbeizieht und der sich, gegen Ende ermüdet, von oben herab für die Gespräche um ihn herum interessiert, gleichsam um sich auszuruhen.

»Finden Sie nicht, daß hier etwas von der ganz besonderen Atmosphäre öffentlicher Versammlungen herrscht?« fuhr Jacques Soulat fort; ihm lag daran, dem Senator zu zeigen, daß er ihn verstehen konnte und daß das politische Leben keine Geheimnisse für ihn hatte.

Sobald er sich in einer Situation wie an diesem Abend befand, konnte er – und darin hatte er ein wenig Ähnlichkeit mit Aristide Baladis – dem Wunsch nicht widerstehen, der angesehensten Persönlichkeit zu zeigen, daß er ihm draußen im Leben enger verbunden war, als es hier, inmitten dieser Leute, den Anschein hatte.

»Überhaupt nicht«, erwiderte Senator Marchesseau.

Von großzügigem Wesen, ließ er nie eine Gelegenheit aus, kleinlichen Gefühlen den gleichen passiven Widerstand entgegenzusetzen, dessen er sich bediente, um Bittsteller zu entmutigen. Diese Methode war ihm übrigens ganz geläufig. Er wiederholte oft: »Ich sage immer ›ja‹, auch wenn ich ›nein‹ denke. Wozu den Leuten Kummer machen. Die Zeit bringt die

Dinge von selbst in Ordnung. Deshalb sind sie die ersten, die die Gefälligkeiten vergessen, um die sie mich gebeten haben. Wenn sie mich wiedersehen – sie brauchen mir nämlich nur gegenüberzustehen, damit eine Unmenge von Wünschen, die sie nie hatten, ihnen in den Sinn kommt –, drängt es sie so danach, meine Aufmerksamkeit auf sich zu lenken, daß sie darüber jeden Sinn für das Maß verlieren.«

»Mir scheint aber doch, daß etwas Richtiges an dem ist, was mein Freund gesagt hat«, setzte der Arzt hinzu; dabei gehorchte er nur dem Bedürfnis, eine Phrase von sich zu geben, ein Gespräch mit einem Senator anzuknüpfen. Der geheime Sinn von Jacques Soulats Bemerkungen war ihm entgangen, und er hörte sich mit um so mehr Entzücken zu, als es ihm dank seiner Redewendung unmöglich schien, daß der Senator nicht gleich antworten würde.

Doch Monsieur Marchesseau blieb stumm. Als Mann, der es gewohnt war, im Zentrum eines Kreises von Bewunderern zu thronen, liebte er es, in der Öffentlichkeit Launen aus dem Privatleben zu zeigen. Alles in seiner Haltung schien zu sagen: »Ich antworte nicht, weil ich nicht weiß, was ich antworten soll, weil ich keine Lust habe, zu antworten.« Zwischen zwei Personen hindurch betrachtete er mit unvermittelter Aufmerksamkeit das Hin und Her der Gäste. Plötzlich richteten sich seine Augen auf Marcel Lorieux.

»Wie sagten Sie?« fragte er, als täte ihm seine Zerstreutheit leid.

Die Antwort kam von Maurice Poitou. Schüchtern, wenn er mit bedeutenden Persönlichkeiten zusammen war, wurde er wieder er selbst, sobald diese eine belanglose, aber präzise Frage stellten. Dann verschwand seine Verwirrung. Fragte ein Industrieller ihn nach der Uhrzeit, zog er sofort, mit der Hast jener, die bei einer Gefälligkeit die ersten sein wollen, seine Uhr hervor. Das genügte, um das Eis zu brechen. Irgendeine Auskunft gegeben zu haben verlieh ihm Selbstvertrauen. So ließ er auch in der Folge keine Gelegenheit aus, Bemerkungen anzubringen.

»Monsieur Soulat hat behauptet, daß trotz allem diese Menge den Eindruck einer öffentlichen Versammlung vermitteln würde.«

»Er irrt sich, dieser Monsieur Soulat«, sagte der Senator und tat so, als glaube er, der Gast habe sich inzwischen entfernt.

In den zwanzig Jahren, die er in der Politik war, hatte Monsieur Marchesseau festgestellt, daß es kein sichereres Mittel gab, Sympathien zu gewinnen, als von einem Dritten, von dessen Anwesenheit man nichts zu wissen vorgibt, so zu sprechen, als ob er wirklich abwesend wäre, wobei man aber darauf achtet, nur solche Dinge von ihm zu sagen, die, auf den ersten Blick unangenehm, ihn mit Genugtuung erfüllen würden.

»Dieser Monsieur Soulat hat bestimmt nie den Fuß in eine öffentliche Versammlung gesetzt. Das macht ihn mir übrigens sympathisch. Es beweist, daß er gesunden Menschenverstand hat. Wenn er auch ein schlechter Staatsbürger sein mag, so ist er doch ein Mann von Geschmack, wie es zum Glück viele in unserem Land gibt.«

Jacques Soulat wußte nicht, wohin. Alle Blicke waren auf ihn gerichtet.

Zum ersten Mal seit drei Jahren errötete er bis über beide Ohren.

»Haben Sie gehört, Monsieur Soulat«, fragte Louis Jarrige, der den Senator nicht durchschaut hatte und fürchtete, dieser würde gleich etwas Kränkendes sagen.

Monsieur Marchesseau spielte den Erstaunten und fuhr dann fort:

»Sie waren ja hier, sehr gut, um so leichter wird es mir fallen, meinen Gedanken zu Ende zu führen. Die Parlamentarier, die Sie für Ihr Desinteresse an der öffentlichen Sache loben würden, sind selten. Es gibt jedoch welche, die Ihnen, wie ich, die Hand drücken. Und selbst die, glauben Sie mir, sind nicht immer aufrichtig.«

»Sie irren sich, Monsieur Marchesseau. Ich versichere Ihnen, daß ich die Arbeit der Regierung und der Parlamentarier aufmerksam verfolge.«

Der Senator lächelte ernüchtert.

»Zu spät!« sagte er schließlich.

»Wieso?«

»Zu spät, sage ich Ihnen. Es ist zu spät. Das hätten Sie vorhin sagen müssen.«

Jacques Soulat hatte das unangenehme Gefühl, das einen beschleicht, wenn ein Gesprächspartner, ohne daß man weiß, warum, sich von einem eine Vorstellung macht, die ganz anders ist als die Wirklichkeit. Er spürte, daß er ungeachtet aller möglichen Einwände endgültig eingeordnet war. Es war wie im Krieg, wenn ein Offizier, der einem Soldaten zum ersten Mal gegenübersteht, sagt:

»Das da ist ein Aufrührer!«

Monsieur Marchesseau kam von diesem Holzweg nicht mehr ab. Er, der nur zum Scherz so geredet und getan hatte, als wisse er nichts von Jacques Soulats Anwesenheit, war durch den Fortgang des Gesprächs dahin gebracht worden, ihn für einen schlechten Staatsbürger zu halten. Jetzt belustigte es ihn, daß er sich ein derartiges Urteil zu eigen gemacht hatte; obwohl ihm klar war, wie willkürlich es war, wollte er es aus einer Laune heraus nicht mehr ändern. Es unbeschadet und falsch in sich zu bewahren bestärkte ihn in seiner Bedeutung. Er schien zu sich selbst zu sagen: »Offensichtlich ist das ein rechtschaffener Mann, aber es ist viel komischer, ihn für einen schlechten Staatsbürger zu halten.«

Marcel Lorieux, Louis Jarrige und Maurice Poitou pflichteten dem Senator bei.

»Sie können nicht das Gegenteil behaupten«, sagte der Bruder des Geschäftsmanns zu Jacques Soulat. »Geben Sie zu, daß Sie noch nie bei einer öffentlichen Versammlung dabei waren. Das macht Ihnen keinen Spaß. Daran ist im übrigen nichts Schlimmes. Sie brauchen kein Hehl daraus zu machen.«

»Entschuldigen Sie bitte«, antwortete Jacques Soulat, der sich verteidigte, so gut es ging. »Sie haben überhaupt keine Ahnung. Das interessiert mich genausosehr wie Sie.«

Madame Wegeners Kommen unterbrach Jacques Soulat. Die Generalswitwe hatte sich von Madame Billan bis einige Meter vor die Gruppe begleiten lassen, in deren Mitte der Senator das große Wort führte. Dann hatte sie ihre Gesprächspartnerin abrupt stehenlassen.

»Meine Herren, nehmen Sie eine weibliche Gegenwart unter sich auf?« fragte sie, einen Jungmädchenknicks andeutend.

»Warum nicht, gnädige Frau?« erwiderte der Senator derart liebenswürdig, daß die Gäste rings um ihn irritiert waren.

Monsieur Marchesseau lächelte die neu Hinzugekommene breit an. Ein weiterer Spleen, den er mit den meisten in eine hohe Position aufgestiegenen Männern gemeinsam hatte, war, daß er Wert darauf legte, unabhängig zu erscheinen, wenn es darum ging, seine Sympathie zu bekunden. Das wäre sehr gut gewesen, wenn er sie den Leuten gezeigt hätte, die dieses Gefühl in ihm hervorriefen. Doch gerade denen gegenüber schwieg er. Das Wichtige in seinen Augen war, daß sich nur Anzeichen dieser Sympathie zeigten. Damit wollte er beweisen, daß angesichts einer solchen Regung Empfehlungen und Ansehen keine Rolle spielten, daß Gefühle, obwohl er ein bedeutender Mann war, sich nicht begründen lassen, daß es ebenso vergeblich ist, das Herz zu zügeln wie den Ozean einzudämmen. Damit dieses Gefühl sichtbarer wurde, richtete er es so ein, es bei unscheinbaren Leuten sichtbar werden zu lassen.

Ohne die Eifersucht zu bemerken, die ihre Anwesenheit in der Umgebung des Senators auslöste, blühte Madame Wegener auf. In solchen Situationen glaubte sie, ihr sei alles erlaubt. Das Lächeln eines mächtigen Mannes war für sie eine leuchtende Bresche in der Mauer von Feindseligkeit, die sich sonst vor ihr erhob. Trotz der Enttäuschungen glaubte sie, der Tag werde kommen, an dem ihre Seele mit der eines anderen Menschen verbunden sein würde, und zwar eines mächtigen Menschen, der jene, die sie leiden ließen, mit einer Handbewegung vernichten würde. Und die Enttäuschungen taten diesem Glauben keinerlei Abbruch. Daher bildete sie sich auch jedesmal ein, wenn sich ihr ein Gesicht öffnete, die so lange erwartete Stunde habe geschlagen.

Vor Freude strahlend, hob sie an, etwas zu sagen, als Monsieur Poitou, der vorhersah, daß seine Mitarbeiterin kein Maß kennen würde, ihr zuvorkam. Der Senator wandte seinen Blick von Madame Wegener ab. Wider Erwarten versuchte sie nicht, die Aufmerksamkeit auf sich zu lenken. Die schroffe Änderung im Verhalten des Senators hatte sie zutiefst getroffen. Eine weitere Ernüchterung kam zu den anderen hinzu. Innerhalb eines kurzen Moments zogen ihre Lebenslage, ihr Kummer an ihren Augen vorbei. So groß waren ihre Hoffnungen gewesen, als der Senator sie angelächelt hatte, daß sie angesichts der Einsamkeit, in die sie wieder gestoßen worden war, nicht einmal daran dachte, sich wieder in die Gewalt zu bekommen.

In diesem Moment mischte sich Yvonne Stella unter die Gruppe. Bei ihrem Anblick wandte Monsieur Marchesseau den Kopf ab, obwohl die Schönheit der Schauspielerin ihm aufgefallen war. Er machte es sich zur Ehrenaufgabe, hübsche Frauen zu verschmähen, sie scheinbar gar nicht zu bemerken, womit er zu verstehen geben wollte, daß bei ihm das Reich der Ideen Vorrang hatte vor den Frivolitäten.

10. Kapitel

Ein Dutzend Gäste umringte jetzt den Senator. Sie waren nacheinander, wie zufällig, gekommen. Ohne die wenigen, in anderen Gruppen zusammenstehenden Gäste hätte man meinen können, daß die Gruppe um Monsieur Marchesseau nach Art und Weise, wie sie entstanden war, kaum mehr Bedeutung hatte als die anderen.

Der Senator, im Mittelpunkt, tat so, als bemerke er die Anziehung nicht, die er auf die Gäste ausübte. André Poitou war, wie ein Vater neben einem umworbenen Sohn, ganz außer sich vor Genugtuung. Der Arzt und Louis Jarrige sprachen in wohlüberlegten Worten über Politik in einer Art, daß es Monsieur Marchesseau gefallen sollte. Madame Wegener war plötzlich verstimmt, was so häufig vorkam, daß kein Tag verging, ohne daß sie zu hören bekam: »Was haben Sie denn? Sorgen? Kommen Sie, wachen Sie auf!« Sie hielt sich abseits. Was Yvonne Stella anging, so hatte sie sofort bemerkt, daß der Senator für ihre Schönheit unempfindlich war, und wie jedesmal, wenn ihr das geschah, bekundete sie Monsieur Marchesseau und, zur Vergeltung, seiner Umgebung gegenüber auf einmal absolute Gleichgültigkeit.

Da betrat die Familie Lorentz, auf die Monsieur Poitou insgeheim wartete, den Saal.

Widerwillig trennte sich der Geschäftsmann von Monsieur Marchesseau und ging ihnen entgegen. Er war verlegen. Er hatte die Achtung gespürt, die diese Familie für ihn hegte, und fürchtete sie im Lauf des Abends zu enttäuschen. Er ahnte unbestimmt, daß dieses Bankett ihn in den Augen der Lorentz' herabsetzen würde. Schon bedauerte er, sie eingeladen zu haben.

»Schließlich ist es ein Bankett«, dachte er. »Sie werden schon verstehen, daß man nicht nur feine Leute kennen kann. Bevor man eine Position wie meine erreicht, ist es normal, daß man Beziehungen in allen Milieus hatte. Man darf ja nicht undankbar sein.«

Monsieur und Madame Lorentz hatten sich auf einen feierlichen Eintritt vorbereitet.

»Du gehst als erste«, hatte Monsieur Lorentz zu seiner Frau gesagt, »dann, im Saal, drehst du dich um und schaust, ob ich dir gefolgt bin. Reiche vor allem niemandem die Hand.«

Als die Lorentz' am Eingang zum Saal standen, konnten sie ihre Verblüffung nicht verbergen. »Was für ein Gewühl!« flüsterte Madame Lorentz.

»Sei still«, erwiderte ihr Mann und schob sein kleines Mädchen vor sich her.

»Ich habe es geahnt«, fuhr sie fort. »Er hat uns getäuscht.«

»Du sollst still sein.«

Schließlich nahmen alle Platz. In der Mitte einer Sitzreihe saß stolz und gerührt André Poitou. Rechts von ihm hatte sich der Senator niedergelassen, links von ihm der Verbandspräsident. Madame Wegener, der man einen Platz am Tischende, zwischen Monsieur Billan und Monsieur Jarrige, angewiesen hatte, erschien allen für einen Augenblick unbeachtet, nachdem sie soviel Staub aufgewirbelt hatte.

Das Essen begann verhältnismäßig leise. Die Gäste, nun von denen getrennt, mit denen sie geplaudert hatten, schwiegen noch. Die drei neben der Tür stehenden Oberkellner vergewisserten sich, daß die Bedienung gut war. Die Kellner bemühten sich eifrig um die Gäste.

»Auf einmal schweigen alle«, sagte der Verbandspräsident. »Wenn jetzt eine Fliege, was sage ich, ein winziges Insekt vorbeifliegen würde, könnten wir es hören. Und Sie, Madame Wegener, haben Sie uns nichts Schönes mehr zu sagen? Das war's schon. Sie haben alles gesagt, was Sie zu sagen hatten. Nun, erlauben Sie mir, darauf hinzuweisen, daß es nichts Besonderes war.«

»Schweigen Sie, Sie Schelm!« entgegnete die Generalswitwe, die sich, da sie weit von dem Senator saß, wieder gefangen hatte.

Madame Billan beugte sich zu ihrem Mann und flüsterte ihm ins Ohr:

»Die glaubt, sie könnte sich alles herausnehmen.«

Marcel Lorieux begnügte sich damit, seinem Freund Jacques Soulat zuzuwinken.

»Jetzt bin ich dran, Ihnen zu verbieten, mich so zu nennen.«

»Sie sind ein Schelm, Herr Präsident. Ich bleibe dabei. Alle halten zu mir, nicht wahr Monsieur?«

Und sie wandte sich an den Dekorateur.

»Ich habe dazu keine Meinung.«

»Sie werden später eine dazu haben, Monsieur; Monsieur wie? Entschuldigen Sie bitte. Ich glaube, man hat uns in dem Durcheinander nicht vorgestellt.«

»Monsieur Lorentz«, antwortete Madame Lorentz für ihren Mann.

»Ich bin Madame Wegener, die Witwe des Generals Wegener.«

»Wer ist der dunkelhaarige Mann zwei Plätze rechts von der Frau, die spricht?« fragte Yvonne Stella André Poitou.

»Baladis. Sie meinen doch den Mann mit den krausen Haaren?«

»Er ist wohl Ausländer?«

»Grieche. Jedenfalls, wenn er kein Grieche ist, ist er Bulgare.«

»Was macht er?«

»Er ist Schuhhersteller. Es wundert mich, daß Sie die ›Baladis‹-Schuhe nicht kennen.«

»Nein, kenne ich nicht. Man kann nicht alles kennen.«

»Er hat sein Geschäft in der Rue Boissy-d'Anglas, glaube ich. Ich bin nicht sicher. Jedenfalls ist Baladis in der Schuhbranche.«

»Sprechen Sie von dem Griechen?« fragte der Verbandspräsident leise.

»Kennen Sie ihn, Monsieur?« fragte die Sängerin wieder.

»Das möchten Sie gern wissen. Ich lese es von Ihren Augen ab.«

»Glauben Sie ja nicht, daß mir das etwas ausmacht. Das ist mir völlig egal. Die Männer, wissen Sie . . .«

»Nun, Monsieur Lorentz?« fragte André Poitou, der fürchtete, der Schuhhersteller könnte die Fragen hören. »Gibt es nichts Neues? Übrigens, sind Sie neulich abends gut nach Hause gekommen?«

»Und Sie?«

»Ich bin ein paar Schritte gegangen, nachdem wir uns getrennt hatten, und plötzlich habe ich ein Taxi genommen. Ich hatte Ihnen ja gesagt, ich wollte zu Fuß heimgehen. Sehen Sie, man weiß nie genau, was man tun wird.«

»Ja, und bei uns war es genau andersherum. Wir wollten ein Taxi nehmen und sind dann zu Fuß gegangen, gepilgert, wie man in unserer Jugend sagte.«

»Gelatscht«, sagte Jean Dumesnil.

»Ganz recht, junger Mann!«

Nach diesen Worten verstummte an der Tischmitte die Unterhaltung, während sich an den Enden ein wirres Gemurmel erhob. Monsieur Chamuzet, der von der Fabrik abgeordnete Buchhalter, saß zwischen Madame Belmont, der Vertreterin der Verkäuferinnen, und Maurice Poitou. Dieser hatte bisher nur Einsilbiges von sich gegeben.

»Haben Sie in der Fabrik die neue Perforiermaschine?« fragte Maurice Poitou, der keine Gelegenheit ausließ, sich bei den Angestellten nach dem Gang der Geschäfte seines Bruders zu erkundigen.

»Noch nicht.«

Da nahm Monsieur Chamuzet sich ein Herz und fuhr fort:

»Das wäre eine große Sache. Eine einzige Perforiermaschine würde nicht ausreichen. Wir brauchten mindestens drei. Ich glaube nicht, daß Monsieur Poitou diese Ausgabe noch machen will. Er ist vorsichtig, sehr vorsichtig. Man kann es ihm übrigens nicht übelnehmen.«

»Und sonst, ist er nobel zu Ihnen?«

»Es hat sich noch nie jemand beschwert. Das beweist allerdings noch nicht, daß das Personal zufrieden ist.«

»Wie viele produzieren Sie ungefähr?«

»Zwölfhundert in einer Saison, manchmal dreizehnhundert.«

»Zwölfhundert Paar?«

»Oh nein, wir zählen stückweise. Also sechshundert Paar.«

»Da kann sich mein Bruder ja nicht beklagen!«

»Nein, aber das ist nicht außergewöhnlich, wissen Sie. Ich war dabei, neunzehnhundertachtzehn, da wurden fast zwölftausend produziert.«

»Sechstausend Paar?«

»Genau, sechstausend Paar.«

»Und wie werden Sie bezahlt? Pro Stunde, pro Stück?

»Pro Tag. Aber um die Produktion anzukurbeln, bekommen wir ein paar Prozente von jedem verkauften Paar.«

»Verkauften?«

»Natürlich.«

»Aber da kann er doch machen, was er will. Er kann einfach sagen, er hätte nichts verkauft, daß das Geschäft schlecht gehe und er sich sogar große Sorgen mache.«

»Nein, das ist ausgeschlossen. Die unverkauften Paare kommen in die Fabrik zurück, wo wir sie nach dem Tagesgeschmack umändern. Man braucht nur in den Ausgangs- und Rückgangsbüchern nachzusehen, um genau zu wissen, was verkauft worden ist.«

»Ah ja ..., ich verstehe. Er ist gar nicht so dumm, mein Bruder. Trotzdem glaube ich nicht, daß er das ganz allein ausgeheckt hat. Jemand muß ihm auf die Sprünge geholfen haben. Jemand muß ihn beraten haben.«

»Man braucht Jahre. So eine Organisation läßt sich nicht in Stunden aufbauen.«

Während Maurice Poitou und der Buchhalter plauderten, dachte der Geschäftsmann nach. Hin und wieder warf er einen verstohlenen Blick auf die Gäste. Es kam ihm mitunter vor, als erlebe er einen schönen Traum und als würde er plötzlich aufwachen, so unverhofft erschien ihm dieser Abend.

»Es ist also wahr!« dachte er. »Ich bin also einflußreich genug, damit so viele Leute bereit sind, mehrere Stunden bei mir zu verlieren. Ich bin also ein mächtiger Mann geworden. Zu meiner Rechten ein Senator, zu meiner Linken der Verbandspräsident. Überall Freunde, Verwandte, und alle schätzen mich.«

Bisweilen schweifte seine Phantasie ab. Wie in seiner Kinderzeit wurde der weiße Teller vor ihm eine unermeßliche Wüste, in der winzig kleine Forscher umherirrten. Doch er verscheuchte diese Trugbilder schnell, um die ringsum Versammelten zu betrachten, die nur deshalb da waren, weil es ihn gab. Die Gäste unterhielten sich miteinander und schienen es ganz natürlich zu finden, rund um diesen Tisch zusammenzusitzen. Sie hatten Appetit. Keiner von ihnen wäre auf die Idee gekommen, ihm den Ehrenplatz, den er einnahm, streitig zu machen.

Plötzlich, als er gerade seine arbeitsreiche, einsame Vergangenheit in einem Nebel vor sich sah, hörte er jemanden rufen:

»He! Poitou.«

Er schreckte auf, als würde dieser Ruf das mit Erinnerungen bemalte Gemälde zerreißen, das sich vor seinen Augen entrollte. Er drehte den Kopf in die Richtung, aus der diese vertraute Anrede kam. Ein halb aufgerichteter Mann, dessen Hände flach auf dem Tisch lagen, sah ihn starr an. Er erkannte Fernand Lorieux.

»Poitou, ich rufe dich.«

Der Arzt wirkte überdreht. Er hatte ein wenig

getrunken, und der beginnende Rausch marmorierte seine blassen Wangen mit rosa Flecken.

»Ich rufe dich, Poitou, und aus Undankbarkeit antwortest du mir nicht. Hat die Ehrenlegion dir den Kopf verdreht? Solltest du dir zufällig einbilden, du hättest es geschafft? Solltest du dich etwa von deinen alten Freunden abwenden, von denen, die dich Schritt um Schritt, bescheiden, bei deinem Aufstieg begleitet haben? Wenn du nicht das Gegenteil beweist, werde ich es nicht glauben.«

Im ersten Augenblick verstand der Geschäftsmann den Sinn dieses emphatischen Redeschwalls nicht. Dann schien es ihm, er habe, ohne es zu merken, seinen Freund gekränkt. Er sah den Verbandspräsidenten an, als wollte er ihn um Rat fragen. Monsieur Dumesnil blieb ungerührt. Das war eine Verhaltensweise, die er liebte. Geschah etwas Außergewöhnliches, und man befragte ihn, so antwortete er nie. Aus Mangel an geistiger Beweglichkeit hatte er ein für allemal diese Haltung eingenommen und soweit perfektioniert, daß er sie mit einer Reihe von Mienenspielen begleitete, deren Abfolge sich unabhängig von der Bedeutung des Ereignisses nicht veränderte. Darauf flehte André Poitou die Sängerin an, die ihm gegenübersaß. Sie lächelte und sagte, während sie sich weiter bediente, im natürlichsten Ton der Welt:

»Sagen Sie ihm, er soll still sein. Er ist lästig, der Mann.«

Aristide Baladis stimmte von weitem zu, während Madame Billan, die nach und nach auf ihre schlechte

Meinung von dem Geschäftsmann zurückgekommen war, ihren Mann mit dem Ellenbogen anstieß, damit er achtgab, was gleich passieren würde.

»Ich fordere dich auf zu antworten«, fuhr der Arzt fort.

André Poitou zögerte eine Sekunde. Manche Gäste sahen ihn an. Daß er so heftig von einem Mann angegriffen wurde, der bis zu diesem Tag niemals die Stimme erhoben hatte, überraschte ihn so sehr, daß er nicht wußte, ob Fernand Lorieux scherzte; doch glaubte er hinter diesem anzüglichen Ton das wahre Denken seines Freundes zu erkennen. »Ich werde die Sache mit einem lachenden Auge aufnehmen.« Dieser Gedanke durchzuckte das Gehirn des Geschäftsmanns wie ein kurzer Funke.

»Sei still, Lorieux, du weißt ja nicht, was du sagst. Du kannst einem eher leid tun ...«

Dann, an Jacques Soulat gewandt, einem der Tischnachbarn des Arztes, fügte er vertraulich hinzu:

»Paß auf ihn auf.«

»Auf mich aufpassen, aber ...«

Lorieux' Antwort ging im Lärm unter. Am anderen Ende des Tisches ertönten Gelächter und Schreie. Madame Wegener hatte in einer heftigen Geste ein Weinglas umgestoßen.

»Da gibt es nichts zu lachen«, sagte sie.

»Sie werden uns nicht vom Lachen abhalten, Madame!«

»Wenn man nicht mehr lachen darf ...!«

Ihr Ungeschick war ihr um so peinlicher, als sie

Louis Jarrige und Blanche Poitou die Größe einer Vase demonstrieren wollte, die ihr Mann einst aus Indochina mitgebracht hatte, und dabei war sie mit der Hand an das Glas gestoßen. Sie bemühte sich um den Eindruck, diesen Zwischenfall gar nicht bemerkt zu haben, und wollte weiterreden. Einige Sekunden lang wurden alle wieder ernst, dann, als hätten sie sich verabredet, brach erneutes Gelächter aus.

»Lachen Sie immer noch wegen des Glases?« fragte sie erstaunt.

»Nein ... nein ...«, antwortete es von überall her.

»Warum dann?«

»Wir lachen nur so, wegen nichts. Es steht uns doch frei zu lachen.«

»Jetzt lassen Sie mich meine Geschichte zu Ende erzählen.«

Jean Dumesnil, der Sohn des Verbandspräsidenten, sah nacheinander die Sängerin und die Tochter der Lorentz' auf eine Art an, die zu verstehen gab, daß diese Gesellschaft überaus lächerlich war. Robert Moulon blickte sich die ganze Zeit mit abwesender Miene suchend nach dem Oberkellner um. Madame Billan warf ihrem Mann verständnisinnige Blicke zu, obwohl sie neben ihm saß.

»Komische Leute«, sagte Madame Lorentz leise.

»Findest du?« fragte ihr Mann, der sich damit vergnügte, ein Brotkügelchen zwischen Zeigefinger und Ringfinger zu rollen, um auf diese Weise zwei zu fühlen.

»Das sind lauter kleine Leute.«

»Sprich leiser. Du bist taktlos.«

»Monsieur Poitou hätte eine Auslese treffen sollen.«

Fernand Lorieux freilich gab sich nicht geschlagen. Nachdem er einen Augenblick lang auf seinen Stuhl zurückgesunken war, hatte er sich wieder erhoben und hörte wie von einer fixen Idee heimgesucht nicht auf, den Geschäftsmann zu rufen.

Was Madame Wegener anging, so hatte sie ihre Geschichte noch einmal angefangen. Plötzlich streckte sie die Hände vor, hoch genug über den Tisch, um diesmal nichts umzuwerfen, und demonstrierte wieder die Größe der indochinesischen Vase. Wieder wurde laut gelacht. Eine junge Frau bückte sich so tief über die Tafel, daß ihre Stirn das Tischtuch berührte, richtete sich wieder auf und beugte sich wieder vor. Ein weitsichtiger Herr, der sein Lorgnon abgenommen hatte, um Madame Wegener besser zu sehen, schob seinen Stuhl zurück und klatschte hinter dem Rücken seiner Nachbarin, Madame Billan, im Takt von »eins, zwei, drei . . ., eins, zwei, drei«.

»Was ist los?« rief Jean Dumesnil, der mit den Absätzen auf das Parkett stampfte und, da er fand, daß das nicht genug Lärm machte, zwei Gabeln genommen hatte, eine in jede Hand, und sie wie Becken gegeneinander schlug.

Dieser junge Mann war sonst schüchtern und zurückhaltend. Doch sobald er mit mehreren Freunden zusammen war und die Unterhaltung lebhaft wurde, verlor er jede Selbstkontrolle.

Aristide Baladis gab ihm durch seine Mimik zu verstehen, daß er besser still sein solle. Aber er zuckte die Achsel und machte um so lauter weiter.

»Seien Sie doch still«, sagte Madame Billan. »Man hört ja nur Sie. So interessant sind Sie nicht!«

Vom Boulevard her hörte man auch die Straßenbahnen, die Automobile und das Schreien der Zeitungsverkäufer. Auf Bänken sitzende Passanten betrachteten das Hotel Gallia. In der Halle wurden Stimmen laut. Ein Reisender war befremdet, daß für ihn kein Zimmer vorgesehen war, obwohl er der Direktion ein Telegramm geschickt hatte.

»Maurice!« rief Blanche Poitou.

»Was ist los? Laß mich in Ruhe.«

»Sieh dir die Sängerin an, die Frau neben André.«

Yvonne Stella war aufgestanden und schwenkte ein Glas in ihrer Hand hin und her.

»Ich trinke ... Ich trinke ...«, sagte sie.

»Wir trinken auch«, sagten Louis Jarrige und ein anderer junger Mann, der alle Augenblicke, nachdem er sich die Stirn abgewischt hatte, sein Taschentuch wieder unter seine Manschette schob.

»Ich trinke auf das Wohl von Monsieur Poitou.«

Sie wandte sich dem Geschäftsmann zu und verneigte sich vor ihm; dann reichte sie ihm ihr eigenes Glas und fügte hinzu:

»Kommen Sie, Monsieur Poitou, trinken wir miteinander. Warten Sie, ich nehme mir ein Glas ... So, jetzt ... eins, zwei, drei ... trinken wir ...«

11. Kapitel

Je länger das Diner sich fortsetzte, desto lauter wurden die Gäste. Die Gemüter erhitzten sich. Zwischen jedem Gang zündete Yvonne Stella sich eine Zigarette an. Sie rauchte gern beim Essen. Da sie die Zigarette nicht weglegte, führte sie das Essen mit ihrer freien Hand zum Mund und ergänzte es, so natürlich, als sei es Brot, mit Rauch. Dieses Verhalten erschien Madame Billan als Gipfel der Ungezogenheit. Alle Augenblicke wandte sie sich ihrem Mann zu und sagte ihm mit jener Mischung aus Behaglichkeit und Genugtuung von kleinen Leuten, die bei ihren Herren ein Laster entdeckt haben, er solle die Sängerin anschauen.

Gewohnt, alles zu vereinfachen, die Dinge wie in der Politik auf große Linien zurückzuschrauben, hatte Senator Marchesseau nicht aus den Augen verloren, daß dieses Bankett zu Ehren seines Tischnachbarn, André Poitou, ausgerichtet worden war. Daher gab er vor, wenn er sich nicht zu dem Geschäftsmann hinüberbeugte, die Gästeschar voller Rührung zu betrachten, als wäre er wirklich berührt von der Einmütigkeit der Huldigung. Er bemühte sich auch, den Anschein zu erwecken, keine Ahnung zu haben –

wie ein Offizier von der gewöhnlichen Seite des Kasernenlebens – von den neidischen Blicken und Sticheleien, die ihm durchaus nicht entgingen.

Unter den Geladenen, die, wie der Senator fühlte, ihm feindlich gesonnen waren, war einer, dem eine schwarze, lockere Krawatte und ein Kneifer das Äußere eines skeptischen und informierten Mannes verliehen. Er hieß Max Rojais und hatte den Beruf eines Parlamentsjournalisten ausgeübt. Im Anschluß an eine Affaire mit Schiebereien von Freifahrtscheinen für die staatliche Eisenbahn war er von der kleinen Zeitung, bei der er arbeitete, hinausgeworfen worden. Der Leiter, ein Obererpresser, hatte ihn mit folgenden Worten entlassen:

»Mein lieber Rojais, deswegen bleiben wir trotzdem Freunde. Weil alle Sie jetzt fallenlassen, werde ich nicht aufhören, Freundschaft für Sie zu empfinden. Aber versetzen Sie sich in meine Lage. Meine Position wäre unhaltbar, wenn ich sie behielte. Sie müssen das verstehen. Später, wenn Gras über die Sache gewachsen ist, können Sie wieder zu mir kommen. Dann werden wir schon ein Eckchen für Sie finden.«

Max Rojais war, wie man ihm vorgeschlagen hatte, wiedergekommen. Aber er war vergessen worden. Es geschieht häufig, daß Freunde, wenn sie sich nach zweijähriger Trennung wiederbegegnen, verlegen sind, daß sie nicht mehr wissen, was sie miteinander reden sollen. Der von jedem zurückgelegte Weg ist so unterschiedlich, daß sie den Eindruck haben, sich gar nicht zu kennen. Das ist üblich. Aber bei Max Rojais und seinem Leiter war es ungewöhnlich gewesen. Jener hatte seinen ehemaligen Mitarbeiter regelrecht nicht wiedererkannt. Sein Name und sein Gesicht hatten keinerlei Erinnerung in ihm geweckt. Und erst nachdem der Redakteur eine Menge Anhaltspunkte und Erläuterungen genannt hatte, war es ihm gelungen, erkannt zu werden. Die beiden Männer hatten dann einige unverbindliche Worte miteinander gesprochen und waren danach auseinandergegangen.

Seitdem hegte Max Rojais einen tiefen Haß gegen die Welt der Presse und der Politik, zumal sein ehemaliger Leiter jetzt eine wichtige Position innehatte, während er, der doch immer wieder gesagt hatte, er wäre mit vierzig tot oder Millionär, elend dahinvegetierte und nur überleben konnte, weil er, ständig auf der Lauer nach dem, was er »die große Sache« nannte, Bankette, Flure und Vorzimmer aufsuchte.

Senator Marchesseau, der, ohne Max Rojais zu kennen, dessen Vergangenheit vage erriet, wollte ihn für sich gewinnen, um eine seiner wichtigsten Lebensregeln zu befolgen: »Es ist besser, sich mit der Welt gut als schlecht zu stellen.«

»Nun, meine Herren Journalisten«, sagte er lächelnd zu Max Rojais, »machen Sie sich Notizen?«

Wenn er dem Redakteur irgendeiner Zeitung gegenüberstand, unterließ er es nie, diesen anzusprechen, als wäre er von weiteren Kollegen umringt. Weil er häufig von Journalisten interviewt worden war, ließ er nicht gelten, daß sie einzeln irgendwelchen Einfluß haben könnten. Deshalb hielt er es für geistreich, Max Rojais so anzusprechen, ohne zu merken, daß er ihn kränkte.

Max Rojais' Gesicht leuchtete jedoch auf.

»Nein, Herr Senator, ich mache mir keine Notizen. Ich bin als Privatmann hier; ich arbeite nicht.«

Max Rojais, der seit mehreren Jahren seinen Beruf nicht mehr ausübte, gab, wo er sich auch befand, diese Antwort. Obwohl keine Zeitung ihn haben wollte, obwohl er aus der Gewerkschaft ausgeschlossen war und nicht mehr in das Haus der Journalisten eingelassen wurde, lag ihm immer noch daran, als Pressemitglied zu gelten. Seit ewigen Zeiten ohne Auftrag, war er darauf aus, durchblicken zu lassen, daß er als Privatmann zugegen war, jedoch nicht zögern würde, irgendeine Redaktion anzurufen, wenn die Umstände es erforderten.

»Sie sagen das, um uns besser beobachten zu können«, fuhr der Senator fort. »Ich kenne euch Journalisten. Die heiße Information ist die Hauptsache. Für einen ›Knüller‹ würdet ihr Mutter und Vater opfern.«

Diesen Fachausdruck unterzubringen versäumte Monsieur Marchesseau als der hervorragende Politiker, der er war, nie.

Trotz des Hasses, den Max Rojais für Persönlichkeiten hegte, war er außerordentlich liebenswürdig, wenn eine ihn ansprach. Da er einen Teil seines Lebens damit verbracht hatte, sich um sie zu bemühen, stundenlang auf sie zu warten, sie trotz ihrer Geringschätzung zu befragen, durch ein Fenster einzusteigen, wenn man ihn von der Tür vertrieb, konnte er gegen seinen Willen nicht anders, als sie anzulächeln. Er hatte das Gemüt eines Soldaten, den man in den Tod schicken kann, vorausgesetzt, man appelliert an seine guten Seiten, das eines Domestiken, der an seiner Herrschaft hängt, wenn sie etwas zuvorkommend ist. Verhielt man sich ihm gegenüber liebenswürdig, so war er entwaffnet und bestrebt, in seinen Artikeln ein sympathisches Bild von seinem Gesprächspartner wiederzugeben. Er versagte es sich jedoch nicht, in der Folge das Schweigen des Interviewten, der kein Lebenszeichen mehr von sich gab, da er keine Rücksicht mehr zu nehmen brauchte, als Undankbarkeit zu deuten und ihn unter die Vielzahl von Undankbaren einzuordnen, von denen er sich umgeben glaubte.

Eine schwüle Hitze breitete sich im Bankettsaal aus. Rings um die Tafel hörte man nichts als freundliches Reden und Lachen. Das Raunen der Unterhaltungen hatte etwas Eintöniges wie das Rauschen eines fernen Meeres. Bisweilen wurden Stimmen laut, die die überraschten Gäste in ihrem Wunsch nach einer herzlicheren Atmosphäre gar nicht beachteten.

André Poitou aß langsam. Hin und wieder ließ er einen scheinbar gelangweilten Blick umherwandern. Er fürchtete, man könne von seinen Augen die tiefe Rührung ablesen, von der er ergriffen war. Er verbarg seine Verwirrung und Freude unter einer so zerstreuten Miene, daß manche Gäste ab und zu flüsterten, »Poitou sieht nicht besonders glücklich aus«, während andere andeuteten, das sei eine Attitüde oder die Anwesenheit des Senators an seiner Seite schüchtere ihn ein. Plötzlich senkte der Geschäftsmann die Augen und errötete. Er hatte auf einmal den Eindruck, daß er eine solche Huldigung nicht verdiene und daß alle Gäste es bemerkten, aber aus Höflichkeit nichts sagten. Er hatte das unangenehme Gefühl, daß seine Umgebung sich langweilte und nur auf eines wartete: auf den Moment, wegzugehen.

»Es ist dumm von mir, solche Überlegungen anzustellen«, dachte er. »Ich bin schließlich nicht der erste, dem man ein Bankett gibt, um eine Auszeichnung zu feiern. Das ist völlig normal.«

Ein Klaps auf den Unterarm riß ihn aus seinen Betrachtungen. Er sah Monsieur Dumesnil an, der, seinem Gesicht zugewandt, ihn anlächelte und ihm zu sagen schien: »Lach mal schön.«

»Nun, André, woran denkst du?« fragte der Verbandspräsident leise, um damit zu erkennen zu geben, daß er die Besinnlichkeit des Geschäftsmanns respektierte, daß er sie sogar gern geteilt hätte.

»An nichts ... An all das hier.«

»Du bist gerührt, nicht? Das verstehe ich. Warum verbirgst du es? Sei doch offen. Gib es zu. An deiner Stelle wären wir alle gerührt.«

»Nein, nein. Es ist nichts.«

»Du sagst nicht, was du denkst. Und recht hast du. Ich gratuliere dir. Herzensregungen soll man für sich behalten.«

Monsieur Dumesnil hatte die Angewohnheit, den

Leuten zu gratulieren. Er gratulierte allen. Er gratulierte seinem Sohn, wenn dieser pünktlich zum Essen kam. Er gratulierte seiner Frau, wenn sie etwas eingekauft hatte. Die Bedeutung, die er sich beimaß, hatte ihn, ohne daß es ihm bewußt war, dazu verleitet, daß er dem Bedürfnis, anderen zu gratulieren, nicht widerstehen konnte, so überzeugt war er davon, ein Kompliment von ihm bereite Freude.

Links von Monsieur Poitou, auf der anderen Seite der Tafel, saß ein etwa fünfzigjähriger Mann, dessen schwarze Jacke abgewetzt und dessen falscher Kragen zu weit war, so daß man seinen Halsansatz sah, wenn er sich vorbeugte. Das war ein Schuster namens Jonas. Das Bankett war von Monsieur Dumesnil vorbereitet worden. Er hatte André Poitou um eine Liste mit den Leuten, die er gern um sich haben wollte, gebeten. Monsieur Jonas hatte nicht auf dieser Liste gestanden, nicht etwa, weil der Industrielle ihn vergessen hatte, sondern weil es ihm unangenehm gewesen wäre, ihn zu sehen. Monsieur Jonas war vielleicht der einzige Freund, den der Geschäftsmann in seiner Jugend gehabt hatte. Daher hatte er befürchtet, dieser bescheidene Mann würde ihn an die langen, dunklen Jahre der Vergangenheit erinnern. Noch im letzten Moment von einem Schuldgefühl gepackt, hatte André Poitou ihn per Rohrpost eingeladen.

Jonas sah seinen Freund unentwegt an. In seinen Augen war keinerlei Neid zu erkennen. Ein Ausdruck von Milde leuchtete hin und wieder in seinem Gesicht auf. In seiner Bewunderung hatte er vergessen, wie armselig seine Lage war neben der von André Poitou.

»Na, mein Lieber«, sagte ein Nachbar von Jonas, »sind Sie auf dem Mond?«

Der Schuster fuhr auf. André Poitou dagegen träumte weiter. Er hatte seinen früheren Freund nicht einmal bemerkt. Mechanisch fuhr er sich ab und zu über die Stirn. Es war also kein Traum! Diese lange Tafel voller Blumen, Früchte und funkelnder Gläser existierte wirklich. Diese nebeneinander sitzenden Schatten, die sich jeder auf seine Art bewegten, waren Freunde und Verwandte. »Danke, euch allen, danke«, dachte der Geschäftsmann, der vor Rührung feuchte Augen hatte. Doch er fühlte sich unfähig, seine Dankbarkeit auf andere Weise zu bekunden.

»Wie glücklich er ist!« sagte ein Gast am anderen Ende der Tafel.

»Er ist eine sensible Natur«, wurde ihm geantwortet.

»Das kommt auf den Tag an. Ich habe erlebt, wie er einem armen Arbeiter wegen einer Nichtigkeit gekündigt hat ... Er ist vor allem stolz.«

»Und schweigsam.«

»Das geht Hand in Hand. Sie wissen wahrscheinlich nicht, wie empfindlich er ist. Ich habe ihn blaß werden sehen, weil jemand in einem Gespräch sagte: ›Alle Schuhe sind gleich viel wert.‹«

Der Senator, der Yvonne Stella als rechte Tischnachbarin hatte, fragte die Schauspielerin, ob sie sich gut unterhalte. Nun, da niemand um sie war, fürchtete er es weniger, mit einer hübschen Frau zu sprechen. Da sie im Ton dieser Frage den Wunsch nach einer negativen Antwort zu erraten meinte, es jedoch nicht wagte, Stellung zu beziehen, sagte sie:

»So lala.«

Monsieur Marchesseau setzte die kluge Miene von jemandem auf, der einen Gedanken hat und ihn nicht von sich geben will.

»Was halten Sie von denen, die uns regieren?« fragte Max Rojais, der das Getue des Senators verfolgt hatte, einen seiner Nachbarn.

»Er sieht nach einem tüchtigen Mann aus«, antwortete der Angesprochene.

»Finden Sie? Sie sind nicht anspruchsvoll. Ich nenne Leute dieses Schlages Haie. Wissen Sie, was er vorschlägt, um Frankreichs Finanzen zu sanieren? Eine Lotterie, mit allem Drum und Dran, einem großen Los von zehn Millionen, hundert weiteren von einer Million und noch einer Menge von tausend bis fünfhundert Francs.«

Einige Gäste hatten die Ohren gespitzt. Bald bildete sich im Kreis des Banketts eine Gruppe, die nur noch über die verräterischen Taten und die Unfähigkeit des Senators sprach.

»Nun, Herr Journalist«, sagte Marchesseau, der bemerkt hatte, daß über ihn gesprochen wurde, »führen Sie das große Wort?«

Im Nu hellten sich die Gesichter der Verschwörer auf. Alle wandten sich lächelnd dem Senator zu. Man hatte den Eindruck, als sei nie ein schlechter Gedanke durch ihre Köpfe gegangen. Nur darauf bedacht, dem Politiker zu gefallen, sahen sie sich untereinander nicht mehr an.

Die Unterhaltung wurde lauter. Leicht betrunkene Gäste wurden von Lachkrämpfen geschüttelt. Sie konnten nicht mehr. Wenn sie sich zufällig beruhigten, hielt es nur für einen Augenblick an.

Plötzlich hörte man in dem Getöse wieder den Ruf: »Poitou lebe hoch!« Alle drehten sich dorthin um, von wo er kam. Der Rufer hatte den Kopf gesenkt und war errötet. Es geschieht häufig in Versammlungen, daß ein schüchterner oder stiller Mensch seine Begeisterung, um den allgemeinen Ton zu treffen, lauter als seine Umgebung kundtut und im selben Moment merkt, daß er übers Ziel hinausgeschossen ist. Dann weiß er, vernichtet von den Blicken, die auf ihm ruhen und alle auf ihn aufmerksam machen, nicht mehr, wohin mit sich.

Der Ruf war von Fortunat gekommen. In der Hitze des Diners hatte er nach und nach Zutrauen gefaßt und sich am Ende sogar eingebildet, mit allen auf einer Stufe zu stehen, da er ja eingeladen worden war. Der gleiche Ruf »Poitou lebe hoch!« war bereits mehrmals erklungen. Da hatte er sich vorgenommen, es diesen Leuten bei der nächsten Gelegenheit nachzumachen. Aber mit den Rufen ist es wie mit allem. Jeder Mensch hat eine Art und Weise, Dinge zu tun, die sich, obwohl sie identisch zu sein scheint, von den anderen unterscheidet. Fortunats Vorgänger, unter anderem Madame Wegener, hatten einen sicheren und natürlichen Ton gehabt. Niemand hatte ihre Rufe allzu ernst genommen, wohingegen Fortunats schrille, von Angst und Aufregung wie erstickte Stimme sofort aufgefallen war.

Neben Lorentz saß ein Mann von achtbarem Aussehen, der pedantisch aß, über weit weg von ihm gemachte Scherze lächelte und seine Zeit damit verbrachte, die Leute in dem Moment anzusehen, wenn jemand sie ansprach; er war darauf aus, alles zu beobachten, und um das Unangenehme daran zu mildern, zeigte er jedem eine leichtgläubige und bewundernde Miene. Hin und wieder steckte er die Hände in die Tasche und lehnte sich auf seinem Stuhl zurück, den er ganz leicht kippen ließ. Die auf ihn gerichteten Blicke beantwortete er mit einem liebenswürdigen Lächeln. Manchmal rückte er seinen Stuhl, um seinen Nachbarn zur Linken nicht einzuengen, einen Augenblick später rückte er ihn, um seinen Nachbarn zur Rechten nicht einzuengen. Schließlich wandte er sich Lorentz zu, der, weil er diesen Gast als wenig gesprächig und zurückhaltend einschätzte, so tat, als wäre er es ebenfalls, was ihn hinderte, all die Bemerkungen zu machen, die er seiner Frau gerne zugeflüstert hätte.

»Ich glaube, wir sind uns nicht vorgestellt worden, Monsieur. Ich bin Monsieur Reverdy.«

»Und ich Monsieur Lorentz.«

»Sehr erfreut. Finden Sie nicht, daß dieses Bankett etwas Rührendes hat. Ich kenne Monsieur Poitou sehr wenig. Aber ich habe den Eindruck, als habe dieser Mann die Auszeichnung, die ihm verliehen wurde, wirklich verdient. Und es ist so selten, daß eine Auszeichnung den Richtigen trifft. Im allgemeinen werden sie auf gut Glück verliehen, glaube ich. Ich muß Ihnen gestehen, daß ich aufs Geratewohl gekommen bin, mit der Absicht, mich davonzustehlen.«

»Genau wie wir«, sagte Lorentz, der endlich einen Satz gehört hatte, der mit seinen Gedanken übereinstimmte.

12. Kapitel

Beim Likör versuchte Fernand Lorieux mit verschwommenem Blick noch einmal aufzustehen, um den Geschäftsmann zu rufen. Aber kaum hatte er sich aufgerichtet, fiel er auf seinen Stuhl zurück. Er blieb einen Augenblick reglos sitzen, dann, als wäre ein Kindergemüt in ihm erwacht, vergnügte er sich damit, seine hängenden Arme baumeln zu lassen.

Madame Lorentz hatte ihren Stuhl näher an den ihres Mannes gerückt und rauchte halb an seine Schulter gelehnt eine Zigarette. Aristide Baladis hatte die Bauchbinde seiner Zigarre zu einem seltsamen Zweck, nämlich um Yvonne Stella zu gefallen, auf seinen Finger gesteckt.

Jedesmal, wenn er in einem Restaurant eine Frau lange angesehen hatte (was nie ausblieb, weil er, so wie manche Menschen keine Mahlzeit zu sich nehmen können, ohne zu lesen, nicht essen konnte, ohne vorher in irgendeiner Ecke des Lokals eine Frau zum Ansehen entdeckt zu haben), empfand er beim Kaffee das Bedürfnis, sich scheinbar für seine kindliche Beschäftigung zu interessieren. Er spürte vage, daß er auf diese Weise das Herz jener Unbekannten rührte, daß er ihr sein Innenleben zeigte und daß sie dadurch, wenn die Situation es ihm erlaubte, sie anzusprechen, weniger erschrocken wäre.

Yvonne Stella sah ihn an. Als wäre er verlegen über seine Zerstreutheit, zog er die Bauchbinde vom Finger und warf sie, ohne die Sängerin aus den Augen zu lassen, fort mit einem Ausdruck, der besagte: »Wie zerstreut ich bin.«

Blanche Poitou hatte das Telegramm ihres Mannes aus der Handtasche genommen und wartete auf eine Gelegenheit, es dem Geschäftsmann zu übergeben, während ihr Bruder, der ohne Grund, nur weil er durch die Glut des Weines ein Bedürfnis nach Autorität hatte, verlangt hatte, daß eine Gabel vor ihm liegenblieb, obwohl die Tafel abgeräumt worden war, mit Madame Delmont sprach.

Monsieur Dumesnil hatte seine Brieftasche aus der Tasche gezogen. Nach einem Augenblick des Suchens entfaltete er einen Zettel und reichte ihn André Poitou.

»Was ist das?« fragte dieser.

»Lesen Sie, Sie werden sehen! Das betrifft besonders Sie.«

»Später, Herr Präsident, nicht jetzt. Vergessen wir ein bißchen die Geschäfte, bitte, bitte.«

André Poitou lächelte, seine Wangen waren rosa. Er zwinkerte allen Gästen zu, aber wie von ungefähr in die Versammlung hinein, damit sein Tun nicht auffiel. Mitunter sang er leise vor sich hin. Dann beugte sich Yvonne Stella zu ihm.

»Singen Sie weiter«, sagte sie. »Wissen Sie, daß Sie eine sehr hübsche Stimme haben?«

Er protestierte, aber als er annahm, daß die Schauspielerin nicht mehr an ihn dachte, begann er wieder, leise zu singen.

»Heda!« rief Jacques Soulat.

»Was ist?« fragte der Geschäftsmann.

»Nichts.«

Ein paar Minuten später fing Jacques Soulat wieder an.

»Heda!«

»Was willst du damit sagen?«

»Nichts.«

»Heda!« wurde wieder gerufen, aber diesmal am anderen Ende der Tafel.

Dieser Ausruf gewann an Boden. Bald riefen sich alle Gäste »Heda!« zu.

»Das ist doch gar kein Brief, alter Freund«, sagte der Verbandspräsident, während er das Blatt Papier wieder an sich nahm, das Poitou ihm zurückgegeben hatte, ohne es auch nur zu entfalten. »Das ist die kleine Rede, die ich auf Sie halten will. Na gut, wenn es so ist, zeige ich sie Ihnen nicht mehr. Sie werden sie hören, wenn ich sie Ihnen gleich vortrage.«

»Und was werden Sie sagen?« fragte der Geschäftsmann.

»Ich werde über Ihre schwere Arbeit, Ihre Ausdauer sprechen und vor allem die Tatsache betonen, daß es doch eine Gerechtigkeit gibt, was manche auch darüber denken mögen.«

»Das ist wahr«, antwortete André Poitou matt.

»Daran besteht kein Zweifel. Gäbe es keine Gerechtigkeit, wären wir nicht hier.«

Madame Wegener, die dieses Gespräch mitbekommen hatte (es war übrigens eine ihrer Gaben, alles zu hören, was um sie herum gesprochen wurde, selbst in ihren erregtesten Momenten), schaltete sich ein:

»Pardon, Herr Präsident. Erlauben Sie.«

»Erlauben Sie« kam ständig über ihre Lippen. Mit Hilfe dieser Worte mischte sie sich gleichlautend in alle Diskussionen ein.

»Erlauben Sie, Herr Präsident, ich bin nicht Ihrer Ansicht. Sie haben eben gesagt, es gäbe doch eine Gerechtigkeit, scheint mir. So ist es doch, nicht wahr?«

»Ganz recht. Ich nehme es nicht zurück.«

»Ich bin nicht Ihrer Ansicht.«

Sie sprach ernst. Durch eine feierliche Mimik wollte sie zu verstehen geben, daß zwei Frauen in ihr waren: die eine, die sich in Gesellschaft amüsiert, und die andere, die trotzdem eine profunde Lebenserfahrung hat. Aber ihr fehlten die Worte. Ihr zufolge gab es keine Gerechtigkeit. Das war eine der wenigen echten Überzeugungen, die sie hatte. Sie hätte sie so gern verteidigt, daß ihr darüber die Worte wegblieben.

»Erklären Sie es, Madame. Es ist leicht, einfach das Gegenteil zu behaupten. Man muß es schon beweisen. Man hat nicht schon dadurch recht, daß man die Leute als Schelm beschimpft.«

»Oh, das ist vorbei! Ich rede ernsthaft mit Ihnen, Herr Präsident. Ich glaube sicher, daß ich in dieser Frage die Mehrheit hinter mir habe. Wir können alle fragen. Alle denken wie ich. Ist es nicht so, Monsieur Poitou?«

»Vielleicht«, sagte der Geschäftsmann, den sein Gefühl dazu drängte, der Generalin zuzustimmen, der aber seine vorherige Zustimmung nicht zu widerrufen wagte.

»Im übrigen kann man sich über so ein Thema nicht am Ende eines solchen Essens eine Meinung bilden«, setzte Monsieur Dumesnil hinzu. »Darüber müßte man in Ruhe und Einsamkeit nachdenken. Aber da wir in solchen Momenten nicht darauf kommen, glaube ich, daß wir nie eindeutig darüber Bescheid wissen werden.«

»Sehr richtig«, pflichtete der Geschäftsmann bei.

»Genau daran liegt es«, fuhr Madame Wegener fort. »Männer wie Sie könnten, wenn sie wollten, alles klären und machen sich nicht die Mühe, so daß wir alle, wir armen Frauen, weiter im dunkeln tappen.«

»Wir armen Frauen?« wiederholte Jacques Soulat mit weinerlicher Stimme.

»Im dunkeln?« sagte im gleichen Ton Louis Jarrige, der den Witz der anderen nachahmte.

»Ja, wir sind arme Frauen.«

»Also, das finde ich nicht. Sie regieren doch die Welt. Sie machen, was Sie wollen. Sie sind die unsichtbaren Herren über alle unsere Taten. Sie kennen doch das Sprichwort: ›Cherchez la femme . . .‹«

»Und was?«

»Und ihr findet, wer dahintersteckt.«

»So lautet das Sprichwort nicht.«

»Jedenfalls so ähnlich.«

»Genug, genug, reden wir über etwas anderes«, sagte Monsieur Dumesnil.

Er hielt den Zettel in der Hand, den er von André Poitou zurückgenommen hatte. Plötzlich erhob er sich. Der ernste Ausdruck auf seinem Gesicht, die Hand, die er vorstreckte, um Schweigen zu erbitten, überraschten die Anwesenden.

»Pst ..., pst ...«, wurde von allen Seiten gerufen.

Aber jedesmal, wenn es still wurde, hielt es einer der Anwesenden für geistreich, noch einmal »pst« zu rufen. Schließlich verstummten alle. Der Verbandspräsident ließ seinen Blick über die lange Tafel schweifen.

»Pst!« rief sein Sohn wieder, der immer maßlos war.

Monsieur Dumesnil schien ihn nicht zu hören. Er hob die Augen gen Himmel, senkte sie wieder, faltete die Hände, wie um sich zu sammeln, damit nichts von dem Fluidum, das er zu verströmen glaubte, verlorenging, und begann mit seiner heiseren Stimme:

»In dieser Minute ...«

Er hielt inne, sah dem ihm gegenübersitzenden Gast, Madame Billan, in die Augen und schien einige Augenblicke nachzudenken:

»In dieser im Leben eines Mannes so seltenen Minute, schien es mir, André Poitou, daß ich die Gedanken all Ihrer Freunde zum Ausdruck bringen sollte, die vielleicht nie wieder in so großer Zahl um Sie versammelt sein werden.«

Mit einer weit ausholenden Geste wies er auf den Saal.

»Sie sind alle da. Ich erkenne Ihre Kampfgefährten und dort ...«

Er deutete mit dem Zeigefinger auf eine Stelle, die entgegengesetzt von der war, wo Maurice und Blanche Poitou saßen.

»Ihre lieben Verwandten und neben ihnen Ihre treuen Mitarbeiter. Wir sind alle da. Alle haben wir Ihnen in diesem Augenblick, der gleichsam die Krönung Ihres Lebens ist, mit unserem Hiersein den Beweis unserer unwandelbaren Freundschaft erbringen wollen. Ja, ich sage unwandelbar. Nichts könnte uns nun trennen. Um Sie herum, André Poitou, sind nur Herzen, die sich mit dem Ihren verbrüdern, die wissen, wie langwierig und mühsam Ihr Aufstieg war. Ich weiß, es gibt Leute, die sehen als Hauptursache für jeden Erfolg: das Glück. Wir gehören nicht zu ihnen. Wir wissen, daß das Gebäude, das Ihre starken Schultern tragen, Stein um Stein, Tag um Tag von Ihnen selbst errichtet wurde. Sie sind ein Beispiel für Ausdauer, Beharrlichkeit und Ehrlichkeit unserer hiesigen Geschäftswelt. Die Regierung hat es nicht übersehen. Mit der Verleihung einer ihrer begehrtesten Auszeichnungen, der Ehrenlegion, hat sie Ihnen mitgeteilt, daß Ihre Redlichkeit ihr nicht entgangen ist. Der Gedanke ist doch tröstlich, daß das Gute am Ende stets siegt.«

Der Präsident unterbrach sich einen Augenblick und streckte die Hände vor:

»Das Gute? Was für ein großes Wort! Und wieviel Kraft steckt darin! Das Genie eines großen Mannes wäre nötig, es zu definieren. In dieser kurzen Ansprache werde ich mich nicht weiter darüber auslassen. André Poitou!«

Er wandte sich dem Geschäftsmann zu.

»André Poitou, ich sage nur, was wir alle denken. In dieser Minute mache ich mich zum Sprachrohr all Ihrer Freunde, denn es ist das Los eines Mannes wie Sie, nur Freunde zu haben. Sehen Sie sie an. Ihre Augen sind auf Sie gerichtet. Sie beneiden mich um die Ehre, die meine Position mir gewährt, die Ehre, André Poitou, Ihnen in vielleicht durch meine große Rührung ungeschickten und unbeholfenen Worte die tiefen Gründe für Ihr Hiersein in dieser Stunde Ihres Lebens darzulegen. André Poitou, ich wende mich zu Ihnen, ich nehme diesen Kelch, in dem ein Champagner schäumt, so klar wie Ihr Herz, und trinke auf Ihr Wohl.«

Es wurde geklatscht. Von überall her erklangen Rufe. Gäste erhoben sich und gingen mit ausgestreckter Hand auf den Geschäftsmann zu.

»Bravo, Monsieur Dumesnil ... Bravo ... Bravo ... Monsieur Poitou lebe hoch!«

Der Geschäftsmann war zu Tränen gerührt. Da der Verbandspräsident hin- und hergerissen war zwischen dem Wunsch weiterzureden und dem, sich auf dem Erfolg auszuruhen, sich nicht wieder gesetzt hatte, stand André Poitou nun auf, nahm den Redner bei den Schultern und küßte ihn mehrmals.

Der Beifall schwoll an. Plötzlich hörte man eine schrille Stimme rufen:

»Erlauben Sie ... erlauben Sie ...«

Es war Madame Wegener. Sie wollte gleichfalls reden. Aber nach zwei Stunden in ihrer Gesellschaft hatten alle Gäste die Gelegenheit gehabt, sie kennenzulernen. Die Spaßvögel riefen:

»Pst!«

Die Ernsten:

»Es reicht!«

In dem Heidenlärm rief man ihr anzügliche Witze zu.

»Eine komische Generalin. Sie soll still sein! Jetzt ist Schluß. Sie redet zuviel. Wir haben die Nase voll!«

Gewohnt, daß die Leute sich immer so veränderten, kümmerte sich Madame Wegener nicht darum. Im Gegenteil, sie versuchte, der ganzen Gesellschaft die Stirn zu bieten. Ihr Charakter trieb sie dazu, lauter und lauter zu schreien, je mehr Widerstand ihr entgegengesetzt wurde.

13. Kapitel

Als wieder Ruhe eingekehrt war, erhob sich nun auch Senator Marchesseau. Als Mann, der es gewohnt war, öffentlich zu sprechen, verlangte er nicht, daß es still wurde, und setzte eine Diskussion mit dem Präsidenten fort, die er im Sitzen begonnen hatte. Bisweilen wölbte er den Oberkörper vor, ließ einen Kennerblick über die Gesellschaft schweifen und redete dann weiter über ein seit langem erledigtes Thema. Weil er stand, wollte er sehr beschäftigt wirken. Er wünschte, daß ohne sein Zutun Ruhe eintrat. Dann würde er plötzlich das Gespräch mit seinem Nachbarn abbrechen und sich verblüfft darüber geben, daß man ihm seit mehreren Sekunden lauschte.

Doch dieser Wunsch ging nicht in Erfüllung. Mochte er auch stehen, die Unterhaltung hörte deswegen keineswegs auf. Dennoch dachte er nicht daran, Ruhe zu gebieten. Weil er nicht erreichte, was er einen Augenblick zuvor gewünscht hatte, erwartete er jetzt, daß irgendwelche Gäste für ihn für Ruhe sorgten.

Da niemand die Stimme erhob, beugte er sich zum Ohr des Verbandspräsidenten und flüsterte:

»Hören Sie, Herr Präsident, seien Sie doch so

freundlich, alle zum Schweigen zu bringen. Ich habe überhaupt keine Autorität.«

Monsieur Dumesnil stand auf, worauf der Senator sich sofort setzte. Er wollte nicht mit dem Präsidenten verwechselt werden. Und es winkte ihm die Aussicht, gleich, unter allgemeiner Beachtung, wieder aufzustehen.

»Pst ... pst ... pst ... noch einmal Ruhe, bitte ... Monsieur Marchesseau will eine kleine Ansprache halten ... Kommen Sie, etwas Ruhe bitte...«

Beim Sprechen hatte Monsieur Dumesnil mehrmals beschwichtigend die ausgestreckten Arme gesenkt. Schon das Wort für zehn Minuten ergriffen zu haben, hatte ihm soviel Selbstvertrauen gegeben, daß es ihm nun leid tat, keine Gelegenheit zu einer weiteren Rede zu haben, die, wie er fühlte, weitaus besser als die erste gewesen wäre.

»Lauter!« rief eine Stimme.

»Wer will sprechen?« fragte eine andere.

»Der Herr Senator Marchesseau, wie ich bereits sagte.«

»Soll er doch sprechen! Uns soll es recht sein. Er braucht doch nur anzufangen.«

»Er wird sprechen. Aber wäre es zuviel verlangt, daß Sie ihn in Ruhe anhören?«

»Er braucht nur anzufangen, und wir sind still.«

Monsieur Marchesseau tat so, als höre er diese Antwort nicht, da er ahnte, daß sie ihm gegenüber feindselig war. Als jemand, der sich wegen einer solchen Kleinigkeit nicht aufregt, strich er sich sorgfältig über seinen Schnurrbart. Er begnügte sich wenig später damit, einen strengen und scharfen Blick auf den Zwischenrufer zu werfen, der ihm zu verstehen geben sollte, daß er sein Gesicht nicht vergessen würde.

Mit der Zeit jedoch trat Stille ein. Zwei Gästen, die sich leise unterhielten und glaubten, man höre sie nicht, rief Monsieur Dumesnil, weil die Anzahl ihn diesmal nicht mehr beeindruckte, unwirsch zu:

»Seien Sie doch still! Sie können sich Ihre Histörchen nachher erzählen. Das ist ja unerträglich!«

Dieser Anpfiff ließ André Poitou, der von Eintracht und Liebe träumte und der dadurch an die Realität erinnert wurde, zu Eis erstarren.

Endlich erhob sich Monsieur Marchesseau. Max Rojais starrte ihn böse an. Madame Wegener, die Ellenbogen auf den Tisch gestützt, täuschte gespannte Aufmerksamkeit vor. John Bradley gab seiner Geliebten ein Zeichen, mit dem Lachen aufzuhören, und sein Gesichtsausdruck schien zu sagen: »Ich bin neugierig, einen französischen Politiker anzuhören.« Fernand Lorieux schob sein Likörglas von sich und legte, da die Tafel vor ihm abgeräumt war, beide Hände flach auf die Tischdecke.

»Meine lieben Freunde«, hob der Senator sogleich an, »man hat mich gebeten, einige Worte zu Ehren unseres lieben André Poitou zu sprechen. Es ist der Tribut der Politiker, daß sie sich solchen Aufforderungen nicht entziehen können. Wo man geht und steht, wird ständig gesagt: ›Diese Abgeordneten sprechen so gut auf der Rednertribüne! Sollen sie doch eine Kostprobe ihrer Eloquenz geben!‹, ohne daß daran gedacht wird, daß der Abgeordnete sich außerhalb des Parlaments nur nach einer wohlverdienten Ruhe sehnt. Ich füge mich jedoch einmal mehr, obwohl alles in den Wind gesprochen sein wird.«

Der Senator machte eine abgeklärte Handbewegung. Er hatte vor, eine herzliche Ansprache zu halten. Doch er konnte dem Bedürfnis nicht widerstehen, hinter seinen Worten durchblicken zu lassen, daß er ernsthaftere Beschäftigungen hatte und daß diese Ansprache neben seinen großen Reden ein liebenswürdiges Spiel war. Er fuhr fort:

»Mein Freund André Poitou hat mich gebeten, diesem Bankett beizuwohnen. Hätte er mich nicht gebeten, so wäre ich trotzdem gekommen. Die Freundschaftsbande, die mich mit ihm vereinen, sind zu alt und, man möge mir dieses Bild verzeihen, zu gut geknüpft, als daß er mich bei einem solchen Anlaß nicht treu an seiner Seite fände. Vielleicht ist es nicht das, was Sie von mir erwarten, mein lieber André, aber ich werde mich darauf beschränken, über den ausgezeichneten Freund zu sprechen, der Sie sind. Die Freude an diesem Fest wäre nicht vollständig, wenn nicht Sie dieser Freund wären. Ein Ehrenmann muß Herzlichkeit, Zuvorkommenheit, Zurückhaltung und Takt besitzen. Über all diese Eigenschaften verfügen Sie. Gering ist die Zahl derer, die sich rühmen können, eine so große, von Sympathie ganz überwältigte Gesellschaft um sich versammelt zu sehen. Das ist Ihre Belohnung. Es ist die aller Großherzigen.«

Der Senator hielt inne. Bevor er zu dem Bankett gegangen war, hatte er gedacht: »Ich erzähle die Geschichte von Commercy.« Er merkte, daß der Moment dafür gekommen war. Er fuhr fort:

»Ehe ich mich weiter darüber verbreite, möchte ich, lieber Freund, Ihnen ein Abenteuer erzählen, das einem meiner Kollegen widerfahren ist, als er sich kurz nach dem Waffenstillstand nach Commercy begab, um das Gefallenendenkmal der Stadt einzuweihen. Ich nenne Ihnen seinen Namen nicht. Sie sollen nur wissen, daß er eine der herausragendsten Gestalten unserer Dritten Republik ist, ein Mann, der die höchsten Würden erlangt hat und dessen Freund zu sein mir eine Ehre ist. Er hatte seine Rede beendet und war im Begriff, wieder in seinen Wagen zu steigen, als ein armselig gekleideter Mann auf ihn zutrat. Polizisten wollten den Störenfried fernhalten. Mein Kollege hinderte sie daran. ›Man soll ihn sprechen lassen‹, sagte er bloß. Und darauf hörte er eine Geschichte, wie sie tragischer nicht hätte sein dürfen. Jener arme Mann, ein Schwerverwundeter, hatte die Seinen in den Kriegswirren verloren. Er, der ein Heim, Eltern, eine Frau gehabt hatte, besaß nun nichts mehr. Und mein Kollege hatte sich von diesem Leid nicht abgewendet. Von der ersten Minute an hat er seine Tiefe und Aufrichtigkeit erkannt. Er, der täglich Hunderte von Malen um Hilfe gebeten wurde, hat nicht gezaudert, zu tun, was er konnte. Und wenn Sie heute den Zug nehmen und nach Commercy fahren, folgen Sie der Straße nach Verdun, und

Sie werden auf der linken Seite, hinter Saint-Michel, ein neues, fröhliches Häuschen sehen, aus dem leichter Rauch aufsteigt. Treten Sie ein. Sie werden jenen einst notleidenden Mann nun glücklich, genesen und von den Früchten seiner Arbeit lebend vorfinden. Wie viele Politiker hätten in der Weise Nächstenliebe ausgeübt? Leider keiner. Nun ja! Aber Sie, André Poitou, Sie sind einer von jenen. Sie hätten als Minister nicht gezögert, das gleiche zu tun. Sie gleichen meinem Kollegen wie ein Bruder. Nun werde ich Ihnen sagen, wer dieser Mann ist. Es ist Georges Belfonds.«

Als André Poitou diesen Namen hörte, hatte er das Gefühl, ein greller Lichtstrahl sei auf sein Gesicht gefallen. Er erbleichte, errötete, fühlte, wie ein kalter Schweiß seine Stirn benetzte. Der Senator sprach weiter, aber er hörte ihn nicht mehr. Er sah ihn gestikulieren, sich ihm manchmal zuwenden. Ein Summen dröhnte in seinen Ohren. Er vernahm jedoch Stimmen, die lauter wurden. Schließlich erhob er sich halb, um den Senator zu umarmen, doch dieser bedeutete ihm, ihn nicht zu unterbrechen. Da hörte der Geschäftsmann auf einmal, was der Redner sagte:

»... Ihnen danken, daß Sie mir zugehört haben. Bevor ich schließe, möchte ich noch einige Worte zu unserem lieben Freund sagen.«

Der Senator wandte sich André Poitou zu und reichte ihm die Hände.

»Nicht ich spreche hier. Bedenken Sie, lieber Poitou, daß es all Ihre Freunde, all Ihre Verwandten, all jene sind, die Sie lieben, die Ihnen aus meinem Munde gratulieren.«

Beifall erklang, während André Poitou sich trunken vor Glück in die Arme des Senators warf. Es gab einen unbeschreiblichen Tumult. Alles schrie, einige brüllten. Die Frauen rissen Blumen aus den Vasen und Körben und warfen sie auf die beiden Männer, die sich umschlungen hielten. Einige Gäste waren aufgestanden. Man sah sie aus allen Ecken des Saals herbeilaufen.

Die Gäste hatten sich wieder gesetzt, außer dem Geschäftsmann. Er war blaß. Feiner Schweiß stand ihm auf dem Gesicht. Seine Hände zitterten. Er warf einen ängstlichen Blick auf die noch unruhige Gesellschaft. Die ersten Worte, die er sprach, um dem Senator zu danken, hörte niemand. Er fürchtete sich davor, in die Stille hinein zu sprechen. Daher empfand er jedesmal, wenn Gelächter oder Rufe erklangen, große Erleichterung. Aber es wurde still. Da wandte er sich dem Verbandspräsidenten zu und begann:

»Der Herr Senator Marchesseau und Monsieur Dumesnil haben soeben Worte gesprochen, die mich so sehr rühren ...«

Er unterbrach sich, um Atem zu holen.

»... Die mich so sehr rühren, daß ich nicht weiß, wie ich Ihnen danken soll. Wir sind alle gute Freunde, deshalb ...«

Er hielt wieder inne.

»... Deshalb werden Sie auch nachsichtig sein. Ich habe niemals öffentlich gesprochen. Dennoch möchte ich Ihnen sagen, wie groß meine Dankbarkeit ist. Sie meinen vielleicht, ich sei gleichgültig für die Zuneigung, die Sie mir entgegenbringen. Ich wünschte, Sie könnten sehen, was in diesem Moment in meiner Brust vorgeht. Dann brauchte ich nicht mehr zu sprechen, Ihnen zu danken. Sie würden sehen, wie nah ich Ihnen bin.«

Er mußte sich wieder unterbrechen. Die Aufregung schnürte ihm die Kehle zu. Er hob ein Glas zum Mund und fuhr fort:

»Dann würden Sie besser verstehen. Ich wünschte, ich könnte mich so ausdrücken wie meine Freunde, Monsieur Marchesseau und Monsieur Dumesnil, weil ich fühle, daß ich Ihnen so vieles zu sagen habe. Nehmen Sie es mir vor allem nicht übel. Wenn ich Sie wiedersehe und wir allein sind, werde ich mich vielleicht besser ausdrücken können. Heute bin ich überwältigt von zuviel Glück. Es kommt mir so vor, als verdiente ich nicht, daß Sie alle meinetwegen hier sind, mich alle umringen. Ich kann es gar nicht fassen. Und doch sehe ich Sie. Sie sind alle gekommen. Ich danke Ihnen, und wie ich Ihnen danke. Das ist nicht genug. Ich danke Ihnen von Herzen. Es war mein geheimer Wunsch, Sie alle um mich zu haben, damit wir als Freunde miteinander sprächen. Jetzt bin ich ein wenig verlegen. Meinetwegen sind Sie alle da. Wissen Sie, es wäre mir lieber gewesen, wenn man sich nicht um mich kümmerte. Das heißt, ich weiß nicht. Ich hab's! Wir treffen uns lieber ein andermal, wie heute, aber nicht meinetwegen. Dann werden Sie mich fröhlicher erleben. Noch einmal, ich danke Ihnen von ganzem Herzen.«

Er konnte nicht weitersprechen, doch er hatte die Kraft, seine Erregung zu verbergen. Er sah die Gäste lächelnd an und sagte mit veränderter Stimme die letzten Worte:

»Morgen geht das Leben weiter, und später werden wir sagen können: ›Erinnern Sie sich an das Bankett im Hotel Gallia?‹«

André Poitou setzte sich. Applaus brandete auf. Für einige Augenblicke herrschte ein unbeschreiblicher Lärm im Saal. Plötzlich rief Jacques Soulat:

»Beifall für André Poitou.«

»Dreifacher Beifall«, setzte Louis Jarrige hinzu.

Während rhythmisches Klatschen durch den Saal hallte, setzte der mit halbgeschlossenen Augen auf seinem Stuhl zurückgelehnte Geschäftsmann all seine Kräfte ein, um seine Gelassenheit wiederzufinden.

»Noch mal dreifachen Beifall«, rief erneut jemand.

Es war unmöglich, sich zu verständigen. Klatschsalven wurden bald an einem Tischende, bald in der Mitte, bald überall laut. Dazwischen erhoben sich wilde Schreie wie die von Wildvögeln.

Plötzlich sah man einen Photographen auf einen Tisch steigen, den zwei Kellner aus einem Nebenraum herbeigetragen hatten. In dem Heidenlärm stellte er in aller Ruhe seinen Apparat auf.

»Ich will aber nicht photographiert werden«, rief Madame Wegener.

Die Gäste, deren Ungestüm sich mit einem Schlag gelegt hatte, setzten sich einer nach dem anderen wieder auf ihre Plätze. Manche rückten ihren Stuhl, um nicht von ihren Nachbarn verdeckt zu werden; wieder andere eilten vom Ende des Saals herbei, stellten sich hinter die Sitzenden und fragten den Photographen, ob sie auch richtig im Sucher seines Apparates seien. Manche redeten einfach weiter, als wenn nichts wäre, um eine natürliche Haltung zu haben und überrascht zu wirken, wenn der Auslöser klickte.

André Poitou saß in der Mitte, eingerahmt vom Senator und von Monsieur Dumesnil, während sich hinter dem Trio ein Dutzend Gäste drängten, die gern neben diesen Persönlichkeiten abgelichtet werden wollten. Yvonne Stella redete und lachte nicht mehr, aus Angst, sie könne unvorteilhaft abgebildet werden. André Poitous Bruder schrie wie ein Irrer, dieses Foto werde in den Zeitungen erscheinen.

Als sein Apparat richtig installiert war, sprang der Photograph zu Boden, trank einen Kelch Champagner und beantwortete dabei die Fragen der Gäste. Der Rauch der Zigarren schwebte zwischen den Kronleuchtern. Der Hoteldirektor ging nicht mehr aus dem Saal, bereit, sich in das Blickfeld des Apparates zu schleichen. Die Frauen machten ihre Frisuren neu zurecht.

Plötzlich trat Stille ein. Der Kameramann war wieder auf den Tisch gestiegen, den einige Kellner festhielten, damit er nicht kippte. Sein Gehilfe trat an ein Fenster. In der Hand hielt er eine Art Scheibe aus Weißblech, auf die Magnesium gestreut war, ähnlich wie die der Italiener, die an den Parkeingängen Eis verkaufen.

Die Reden waren vergessen. Die Gäste dachten nur noch an sich selbst, was dieser Reihe von Gesichtern über weißen Hemdbrüsten etwas Sonderbares und Ernstes verlieh.

»Achtung!« rief in knappem Ton der Photograph, wie jemand, der die übermäßige Erregung der anderen nicht zu berücksichtigen braucht.

Genau in diesem Augenblick begannen einige Frauen zu lachen, und Jacques Soulat rief:

»Warten Sie! ...«

Gewohnt, mit Menschenmengen umzugehen und nur auf das Ganze bedacht, ging der Mann hinter der Kamera jedoch darüber hinweg und gab seinem Gehilfen ein Zeichen. Ein greller Blitz erleuchtete den Bankettsaal, während dem man wie in einem Traum reglose Hände, bleiche Gesichter, die wechselnden Posen einiger Gäste, einen Mann sich bücken und sich wieder aufrichten, einen anderen mit der Hand sich über die Haare streichen sehen konnte. Dann stieg eine dicke Wolke zur Decke auf. Jeder Gast hatte den Eindruck, mit geschlossenen Augen aufgenommen worden zu sein. Dieser kurzen Windstille folgte sogleich ein lautstarker Tumult. Das Bankett im Hotel Gallia war soeben photographiert worden.

Nachwort

Als Emmanuel Bove im Jahr 1927, anläßlich des Erscheinens von *Un soir chez Blutel,* gebeten wurde, ein paar Sätze zu seiner Biographie zu schreiben, die dem Roman anstelle eines Vorworts vorangestellt werden sollten, erhielt der Verleger Lucien Kra eine Antwort, die vielleicht mehr über Bove aussagt als der *curriculum vitae,* den er sich erwartet hatte.

Ich gestehe, daß mein Problem hier ein bißchen jenes des Schauspielers ist, der plötzlich den Text seiner Rolle vergessen hat und gezwungen ist, die Repliken zu erfinden oder sich schlecht und recht bei den Zuschauern zu entschuldigen. Die Frage, die Lucien Kra mir stellt, übersteigt aus tausend Gründen meine Kräfte; der vorherrschende ist eine Scham, welche mich daran hindert, von mir selber zu sprechen. Alles, was ich sagen könnte, wäre darüber hinaus falsch. Das einzig Exakte wäre mein Geburtsdatum. Aber auch da könnte eine Laune mich veranlassen, mich jünger oder älter hinzustellen. Wer könnte im übrigen dem Vergnügen widerstehen, seinen Lebenslauf mit großen Ereignissen und Albernheiten zu füllen: etwa von der Lust zu schreiben im Alter von acht Jahren, einer unverstandenen Jugend, einer blendenden oder mittelmäßigen Schullaufbahn, Selbstmordversuchen; von einer Glanzleistung im

Krieg, einer fast tödlichen Verwundung, einer Verurteilung zum Tode in einem Kriegsgefangenenlager und der Begnadigung am Vorabend der Hinrichtung. Am weisesten, so glaube ich, ist es, gar nicht erst anzufangen.

Philippe Soupault, der mit ihm befreundet war, erinnert sich an Bove als an einen Menschen, der »zuverlässig war, seine wenigen Freunde liebte, aber ihnen weder seine Sorgen noch seine Vorhaben oder gar tiefsten Wünsche anvertraute«. Im Verlauf der zwanziger Jahre zog sich Bove immer mehr ins Schreiben zurück – die Grenze zwischen Leben und Literatur ist, wie auch der oben zitierte Brief deutlich macht, fließend.

Emmanuel Boye, eigentlich Emmanuel Bobovnikoff, wurde am 20. April 1898 als Sohn eines vor der Polizei des Zaren geflohenen russischen Juden und einer Luxemburgerin in Paris geboren. Sein Vater verließ schon bald die Familie, um mit der reichen Engländerin Emily Overweg zusammenzuleben; Bove ging mit dem Paar nach Genf und besuchte dort bis zum Jahr 1914 das Lycée Calvin. Als mit dem Ausbruch des Ersten Weltkrieges Emilys Vermögen in England blockiert wurde, ging Emmanuel auf die Isle of Wight und dann nach Southend-on-Sea, wo er ein Jahr später die Schule abschloß. Im Alter von achtzehn Jahren, als die Familie alles Vermögen verloren hatte, kehrte Bove nach Paris zurück und schlug sich dort als Straßenbahnschaffner, Kellner und Taxifahrer durch. Es folgte, ab 1918, ein dreijähriger Militärdienst, im Frühjahr 1921 wurde Bove zur Ruhr-Okkupation einberufen.

Ende desselben Jahres heiratete er die Lehrerin Suzanne Vallois, mit der er zwei Kinder haben sollte, und zog mit ihr nach Tulln bei Wien.

In Österreich entstehen die Romane *Mes amis* und *Armand* sowie einige Erzählungen, die später in den Sammelband *Henri Duchemin et ses ombres* aufgenommen werden. Zur gleichen Zeit schreibt Bove, unter dem Pseudonym Emmanuel Vallois, zahlreiche Groschenromane – eine entwürdigende Arbeit, die, wie er später sagt, »der (Arbeit) des Schriftstellers völlig fremd« ist, aber den Lebensunterhalt der Familie einigermaßen zu sichern hilft.

1923, Bove ist inzwischen wieder nach Paris zurückgekehrt, wendet sich das Blatt. Seine Novelle *Nuit de Noël* (späterer Titel *Le Crime d'une nuit*), die in einer kleinen französischen Zeitschrift erschienen ist, wird von der Colette entdeckt; er erhält das Angebot, im Ferenczi Verlag ein Buch zu veröffentlichen. Als dort im Februar 1924 der Roman *Mes amis* herauskommt, wird Bove mit einem Mal berühmt. Es folgt eine Phase schier unglaublicher Produktivität. In den kommenden sechs Jahren veröffentlicht Bove nicht weniger als acht Romane, vier Erzählungen und zwei Erzählbände. 1928 erhält er (bei 406 Mitbewerbern) den mit 50 000 Francs dotierten »Prix Figuière«. Im selben Jahr lernt er die jüdische Bankierstochter Louise Ottensooser kennen, mit der er 1942 nach Algier flieht. Bove weigert sich strikt, seine Bücher im besetzten Frankreich erscheinen zu lassen. Im algerischen Exil, wo er sich im »Comité national des écrivains« engagiert, entstehen die letzten Romane *Le Piège, Départ dans la nuit* und *Non-Lieu*. Mitte Oktober 1944 kehrt Bove schwer krank nach Paris zurück. Am 13. Juli 1945 schreibt der Arzt Dr. Louis Pictet in der Avenue des Ternes 59 den Totenschein: »Monsieur Emmanuel Bove verstarb heute morgen gegen 8 Uhr an Auszehrung und Herzversagen, das durch eine Serie äußerst heftiger Sumpffieberanfälle herbeigeführt wurde.«

Habe über meinen nächsten Roman nachgedacht . . . Seltsam: Ich kenne bereits alles, nur das Thema nicht . . . Wenn ich die Menschen so zeichne, wie ich sie sehe, ihre Handlungen so beschreibe, wie ich sie voraussehe, wird sich das Thema von selbst einstellen . . . Letztendlich gibt es auch gar kein Thema, es gibt nur das, was man empfindet. Das Nicht-Handeln zum Beispiel, das ich so stark empfinde, kann Handlung eines Buches sein.

Diese Zeilen aus Boves Tagebuch vom 25. Oktober 1936 – eine der wenigen erhaltenen Aufzeichnungen – wirken wie ein Kommentar zu seinem Roman *Cœurs et visages,* der acht Jahre zuvor im Verlag Calmann-Lévy herauskam. Auch *Cœurs et visages* ist ein »roman de l'inaction«, ein Buch, in dem es eigentlich keine Handlung gibt. André Poitou feiert im Hotel Gallia seine Aufnahme in die Ehrenlegion. Was Bove beschreibt, ist das Tableau einer Gruppe von Menschen, dessen Dynamik sich aus der ständig wechselnden Konstellation der Figuren ergibt. In einen festen

Rahmen eingebettet (ein Abend in einem Raum), ist das Bankett ein gesellschaftlicher Mikrokosmos, in dem jeder einzelne sich über seine Position in der sozialen Hierarchie definiert. Bove zeichnet die Menschen so, wie er sie sieht – und das Thema stellt sich von selbst ein: Die Entlarvung des Menschen hinter der Maske – CŒUR und VISAGE – ist die eigentliche »Handlung« des Romans; während seine Figuren wie Schauspieler von einer Rolle in die andere schlüpfen, steht Bove neben ihnen und zeigt uns ihr wahres Gesicht.

Als André Poitou den großen Saal des Hotels Gallia betritt, bleibt er einen Augenblick »wie geblendet« stehen. Vor sich sieht er seine Silhouette, die sich in den Spiegeln bis ins Unendliche bricht: ein tiefgründiges Bild, das die vielen Facetten Poitous, die im Laufe des Abends zum Vorschein kommen, in einer einzigen Szene verdichtet. Poitou ist geblendet von seiner eigenen Erscheinung, von den Huldigungen, die ihm von allen Seiten zuteil werden, aber er ist auch blind für den Neid, die Mißgunst, die Heuchelei seiner Gäste, die, jeder für sich, nur danach trachten, sich ins rechte Bild zu setzen. Seine Empfindlichkeit, seine Unsicherheit, die er hinter einer gespielten Gleichgültigkeit zu verbergen sucht, steht ihm förmlich ins Gesicht geschrieben: Über seiner Oberlippe, an der Stelle, die fast vierzig Jahre von einem Bart verdeckt war, schimmert die zarte verletzliche Haut eines Kindes – es sind die scheinbar unbedeutenden Details, die kleinen Gesten, die uns, wie in der Stummfilmzeit, in das Innere der Figuren blikken lassen. Mit dem Auge eines Kameramanns, der sich von verlogenen Phrasen und geheuchelten Ehrerbietungen nicht täuschen läßt, geht Bove durch den Bankettsaal, immer bereit, ein Bild festzuhalten, in dem, wenn auch nur für einen Moment, das Gekünstelte, die Pose ans Licht kommt.

Aristide Baladis, vorher noch eifrig bemüht, die Galanterie eines *maître bottier* an den Tag zu legen, spielt auf einmal wie selbstvergessen mit der Bauchbinde seiner Zigarre, weil er glaubt, durch diese kindliche Verhaltensweise das Interesse von Yvonne Stella auf sich zu ziehen. Der Senator Marchesseau, den die Schönheit der Sängerin durchaus nicht kalt läßt, wendet bei ihrem Erscheinen demonstrativ den Kopf ab, um zu signalisieren, »daß bei ihm das Reich der Ideen Vorrang hatte vor den Frivolitäten«. Monsieur Dumesnil, der André Poitou zur Begrüßung noch herzlich umarmt hat, ist dem Senator gegenüber plötzlich darauf bedacht, den Eindruck zu erwecken, daß er den Schuhfabrikanten nur flüchtig kenne. André Poitou selbst schließlich, hin- und hergerissen zwischen Eitelkeit, Narzißmus und der Angst, der selbstgewählten Rolle nicht genügen zu können, durchläuft ein wahres Wechselbad der Gefühle, das ihn wie ein Chamäleon alle Augenblicke die Farbe wechseln läßt. Je nachdem, mit wem er sich konfrontiert sieht, erscheint er als strenger Vorgesetzter, der einem Fortunat die kalte Schulter zeigt, um wenig später dem Senator gegenüber vor Ehrerbietung fast ins Stottern zu verfallen – Poitou reagiert auf seine Umgebung, der eigentliche Protagonist ist der unsichtbare, aber stets präsente Autor, der als ironischer Kommentator des Geschehens die Fäden in der Hand hält.

Der Roman endet damit, daß die Abendgesellschaft auf einer Photographie festgehalten wird – eine subtile Schlußszene, die den Jahrmarkt der Eitelkeiten, den Bove wie in einem Film an uns hat vorüberziehen lassen, förmlich in einem Bild erstarren läßt.

In *Cœurs et visages* zeigt sich Bove als ein Autor, der nicht nur – wie in seinen bekanntesten Romanen *Mes amis* und *Armand* – Biograph einsamer Schicksale ist, sondern auch ein Schriftsteller, der eine ganze Hand voll Figuren wie auf einem Schachbrett agieren lassen kann: mit jedem Zug eine neue Konstellation. Die Geschichte des André Poitou steht damit in einer Reihe mit *Un soir chez Blutel* (1927) und *Un Célibataire* (1932) – zwei Romanen, die das Bild einer Gruppe von Menschen entwerfen, die sich um eine zentrale Figur bildet. In *Un soir chez Blutel* werden die Gäste einer Abendgesellschaft noch porträtiert, ohne daß sie in Beziehung zueinander treten, Albert Guittard *(Un Célibataire)* und André Poitou agieren als Zentrum eines gesellschaftlichen Mikrokosmos, dessen Geometrie nach allen Seiten hin ausgemessen wird.

Als Samuel Beckett 1950 gefragt wurde, welchen Schriftsteller er am nachdrücklichsten zu lesen empfehle, nannte er Emmanuel Bove. Dennoch hat es über 30 Jahre gedauert, bis Bove wiederentdeckt wurde: Erst 1977 begann man in Frankreich, seine Bücher wieder aufzulegen, inzwischen sind fast alle seine Texte – einschließlich zweier zu Lebzeiten unveröffentlichter Romane und sämtlicher Erzählungen – erhältlich oder zur Publikation vorgesehen: Insgesamt dreiundzwanzig Romane sowie über dreißig Erzählungen liegen in französischer Sprache vor. Hierzulande wurde Emmanuel Bove bekannt durch Peter Handke, der Anfang der achtziger Jahre *Mes amis, Armand* und *Bécon-les-Bruyères* ins Deutsche übertrug. Es folgten, jeweils von anderen Übersetzern, *Die letzte Nacht, Aftalion, Alexandre, Ein Junggeselle, Die Liebe des Pierre Neuhart, Dinah, Monsieur Thorpe* und *Der Mord an Suzy Pommier.*

Bettina Augustin

Klassiker der französischen Literatur im dtv

Charles Baudelaire
Les Fleurs du Mal
Die Blumen des Bösen
Zweisprachige Ausgabe
dtv 12349

Eugène Dabit
Hôtel du Nord
Roman · dtv 12885

Alexandre Dumas
Die Kameliendame
dtv 12479

Gustave Flaubert
Madame Bovary
Roman
dtv 12398

Théophile Gautier
Reise in Andalusien
dtv 2333

André Gide
Die Falschmünzer
Roman · dtv 12208

Die Verliese des Vatikans
Roman · dtv 12285

Der Immoralist
Roman · dtv 12345

Die enge Pforte
Roman · dtv 12427

Der schlechtgefesselte Prometheus
Erzählungen · dtv 12651

Die Schule der Frauen
Erzählungen · dtv 12772

Stirb und Werde
dtv 12859

Victor Hugo
Die Elenden
Les Misérables
Roman · dtv 12719

Jean de La Fontaine
Sämtliche Fabeln
Mit 255 Illustrationen von Grandville
dtv 2353

Pierre Loti
Islandfischer
Übersetzt von Dirk Hemjeoltmanns
Roman · dtv 12537

Im Zeichen der Sahara
Übersetzt von Dirk Hemjeoltmanns
dtv 12736

Pierre Loti
Nach Isfahan
Übersetzt von Dirk Hemjeoltmanns
dtv 12763